L'ÎLE DE LA FRANÇAISE

DU MÊME AUTEUR

MON CHER JEAN… DE LA CIGALE À LA FRACTURE SOCIALE, essai, Zoé, 1997.

LE MYSTÈRE MACHIAVEL, essai, Zoé, 1999.

NIETZSCHE OU L'INSAISISSABLE CONSOLATION, essai, Zoé, 2000.

LA CHAMBRE DE VINCENT, récit, Zoé, 2002.

VICTORIA-HALL, roman (prix du Premier Roman de Sablet), Pauvert, 2004 ; Babel n° 726.

DERNIÈRE LETTRE À THÉO, roman, Actes Sud, 2005.

L'IMPRÉVISIBLE, roman (prix des Auditeurs de la Radio suisse romande ; prix des lecteurs FNAC Côte d'Azur), Actes Sud, 2006 ; Babel n° 910.

LA PENSION MARGUERITE, roman (prix Lipp), Actes Sud, 2006 ; Babel n° 823.

LA FILLE DES LOUGANIS, roman (prix Version Femina Virgin Megastore ; prix de l'Office central des bibliothèques), Actes Sud, 2007 ; Babel n° 967.

LOIN DES BRAS, roman, Actes Sud, 2009 ; Babel n° 1068.

LE TURQUETTO, roman (prix Jean Giono, prix Page des Libraires, prix Alberto Benveniste, prix Casanova, prix Culture et Bibliothèques pour tous, prix Richelieu de la Francophonie), Actes Sud/Leméac, 2011 ; Babel n° 1184.

PRINCE D'ORCHESTRE, roman, Actes Sud/Leméac, 2012 ; Babel n° 1253.

(Suite en fin d'ouvrage)

METIN ARDITI

L'ÎLE DE LA FRANÇAISE

roman

BERNARD GRASSET
PARIS

Photo de la jaquette : Keystone © Gamma-Rapho

ISBN 978-2-246-83245-4

À Takis Candilis

« Le corps est l'un des noms de l'âme ».

Marcel ARLAND

PROLOGUE

En 1955, un scandale éclata au monastère de Saint-Spyridon, en mer Égée, qui mit toute la Grèce en émoi.

PREMIÈRE PARTIE

Été-automne 1950

Île de Saint-Spyridon,
jeudi 31 août, 06 h 00,
au café Stamboulidis

Comme chaque jour à six heures du matin, Yorgos était assis à la terrasse de son café. Seul. Pas de clients à servir, pas de conversations à entretenir, le calme absolu. Il y goûtait pleinement, en attendant que sa terrasse frémisse du petit bavardage qui l'amènerait à jouer les arbitres. C'était toujours : « Yorgos, viens nous dire qui a raison et qui a tort », « Yorgos, que dis-tu de ceci ? », « Yorgos, que penses-tu de cela ? ». Il s'approchait de la table en prenant son temps, écoutait avec une attention surjouée, tranchait s'il le fallait, toujours avec mesure, et terminait par une plaisanterie, avant de retourner à son comptoir en se disant : « *Yorgomou,* mon Yorgos, tu la mérites, ta place sur Terre. »

Ces premiers instants de la journée lui procuraient un bonheur particulier. Il se préparait un thé noir très corsé, qu'il se servait dans un verre tulipe, et l'accompagnait d'un *glico tou koutaliou*, une confiture à la cuillère. Comme à Constantinople… Ce matin, c'étaient de petits raisins enrobés de sirop. Il en cueillit trois d'un coup, porta la cuillère à sa bouche, et, les yeux fermés, laissa passer quelques secondes avant de les mordre, le temps que le sirop recouvre son palais. Une douceur…

La confiture n'était pas au vrai sucre, bien sûr. Cela faisait bien dix années qu'il n'y en avait plus un gramme dans toute la Grèce. Sa femme le remplaçait par de la pulpe de figues séchées. Résultat : sa confiture était même plus onctueuse que celles d'avant… Du temps où les Grecs tenaient le haut du pavé à Constantinople, d'où sa famille avait été chassée trente ans plus tôt.

Du monde, il ne connaissait presque rien : Constantinople, Athènes, quelques îles du Dodécanèse, voilà tout. Ce qui ne l'empêchait pas de s'interroger : y avait-il sur Terre ville plus belle, plus raffinée, plus grecque, aussi, que Constantinople ? Même ce nouveau nom, Istanbul… D'où venait-il ? Du grec ! *is tin Póli,* à la Ville…

Comme il l'avait aimée, cette ville… Lui et les siens en avaient été chassés comme des malpropres. Et par qui ? Par des intrus : ce n'étaient pas les Turcs qui avaient fondé cette ville. C'étaient les Grecs !

Malgré son chagrin, il lui gardait une passion violente. Coupable, aussi. L'aimer, n'était-ce pas trahir ? Mais voilà… Quand on a pour patronyme Stamboulidis, le Stambouliote, il est difficile d'oublier d'où l'on vient.

Partie de Constantinople en n'ayant que la peau sur les os, sa famille avait cherché refuge à Athènes.

L'accueil qui lui avait été fait était celui que les démunis réservent aux plus démunis qu'eux, dans la crainte de voir s'amoindrir la poignée de pois chiches qui leur tient lieu de nourriture. Au bout de deux mois, Yorgos et les siens quittaient la capitale pour Kalymnos, où s'étaient installés des cousins. À Saint-Spyridon, l'île d'en face, le café du port était à reprendre pour un loyer de misère. Le précédent tenancier abandonnait même son mobilier : six tables en zinc, vingt-cinq chaises d'osier tressé, et une cuisine agencée avec un petit four à bois pour cuire le café sur la cendre, un évier spacieux en pierre, une glacière et une vingtaine de tasses à café avec soucoupes, verres, et petites cuillères. De quoi se mettre au travail.

Il repensa aux Turcs… Il fut un temps où il les aimait bien. À Tarabya, sur la rive européenne du Bosphore, où ses parents tenaient une taverne, l'harmonie régnait. Entre Grecs, Turcs, Juifs, il n'y avait jamais de vrai problème.

Ses sursauts de bienveillance le mettaient mal à l'aise, bien sûr. Les Turcs les avaient bel et bien chassés, lui et les siens. Alors il refaisait un peu l'histoire… Les chamailleries entre voisins ne se réglaient-elles pas autour d'un café ou d'un verre de thé ?

Le seul problème, avec les Turcs, c'était quand ils se fâchaient pour de bon. S'appliquait alors l'adage que répétaient ses parents avec véhémence : « Pour tuer la mite, le Turc brûlera la couverture. » Sinon, c'étaient les plus charmants des hommes. Droits, travailleurs, généreux… Il fallait éviter d'être la mite du Turc, voilà tout.

Quelques années plus tard, après que la guerre a frappé le monde entier, on aurait dit que les Grecs n'avaient pas assez souffert, qu'il leur fallait plus de chagrin encore. Le malheur ne se fit pas désirer : quatre années de guerre civile, deux cent mille morts… Des Grecs tués par des Grecs… Massacres entre compatriotes, dénonciations, trahisons, veuvages… Sur l'île, les familles endeuillées punaisaient leurs annonces nécrologiques sur les poteaux électriques du village. Ils en étaient recouverts, au point de donner aux rues des allures de mausolée. Il n'y avait ni travail ni bien-être, pas une drachme d'impôt ne rentrait dans les caisses de la commune et Aristidis, le maire, remplissait sa fonction en bénévole.

Si ce n'était pas la guerre, c'était la mer qui vidait l'île de ses maris, de ses frères et de ses fils. « *O Theós mas xéhassé* », répétaient ses habitants. Dieu nous a oubliés. Ils étaient nombreux à s'engager, souvent sur de vieux rafiots retapés de bric et de broc. Beaucoup ne revenaient pas, soit parce que leur bateau avait chaviré, soit parce qu'à l'occasion d'une longue escale, ils avaient trouvé une nouvelle compagne et décidé de rester. D'autres encore étaient partis au petit bonheur la chance, sans rien en poche, dans l'espoir qu'en Amérique ou en Australie, ils arriveraient à mettre de côté de quoi faire venir une femme ou une fiancée. En dix ans, l'île avait perdu un tiers des siens.

Il pensa à Clio, l'adorable petite Clio, qui partait le lendemain au monastère pour y vivre le restant de ses jours. Et pourquoi ? Parce qu'elle avait faim, voilà tout.

Est-ce qu'elle savait ce qui l'attendait ? On chuchotait beaucoup, à propos du monastère. Il est vrai que les gens aimaient raconter n'importe quoi. Surtout des méchancetés. Il devait quand même y avoir anguille sous roche. Car lorsqu'on interrogeait Cosmas, le pope du village, il semblait en savoir plus qu'il n'en disait.

Il repensa à Clio. Quelle adorable enfant ! Des yeux… Un sourire… Et ce regard, sans cesse aux aguets… On aurait dit un petit animal prêt à bondir, sans que l'on sache si c'était pour mordre ou pour déguerpir. Chaque fois qu'il la voyait, il avait envie de la prendre dans ses bras, comme si elle était sa propre fille, et de la consoler de ce que la vie lui avait fait subir. Et elle n'avait que treize ans !

Avec son entrée au monastère, le lendemain, cela ferait deux de moins. Maria, sa tante, quittait l'île. Elle, en tout cas, devait bien savoir ce que les gens racontaient, à propos du monastère, vu qu'elle y allait souvent aider au ménage, en échange d'une assiette de soupe. C'était même elle qui avait demandé à l'higoumène d'accepter sa nièce comme novice. De quoi s'interroger sur les vrais sentiments qui l'unissaient à la petite Clio.

Enfin… Ni l'une ni l'autre ne passeraient plus devant sa terrasse. « Ça fera même quatre ! » se dit

Yorgos, pensant à Odile, la Française, et à sa fille. Comme chaque fin août, elles se préparaient à quitter l'île pour Paris. Au moins, ces deux-là reviendraient l'été prochain.

Quand Odile et son mari avaient-ils acheté leur maison ? Il but une gorgée de thé, mit dans sa bouche quatre grains de raisin, et, tout en les mâchant avec lenteur, fouilla sa mémoire. C'était l'an deux de la guerre civile… 1946. Odile en était donc à son cinquième été à Saint-Spyridon. Et le deuxième sans André.

Andréas, comme il l'appelait. À la grecque… Quel homme extraordinaire ! À le voir et à l'entendre, on aurait dit un Grec ! Si ce n'est que peu de ses propres compatriotes aimaient leur pays aussi bien que lui. Une gentillesse… Une simplicité… Voilà un homme, professeur de grec ancien dans la plus grande université du monde, capable de réciter par cœur des pages et des pages d'Homère, qui s'asseyait à la même table que lui, Yorgos, cafetier sachant à peine écrire ! Et ils discutaient, discutaient… Comme s'ils étaient du même rang. Et cette façon qu'il avait de le serrer dans ses bras, comme un frère… Quand lui-même racontait tel ou tel épisode de la guerre civile, Andréas le ramenait toujours à voir la vie de façon positive. « *Iós té on, epihíri* », lui disait-il, tel que tu es, va de l'avant, le mot d'un philosophe dont Yorgos avait oublié le nom. « Efface de ta mémoire ce que tu as subi. Cours à travers champs, prés et forêts, perds-toi, ris, bois, chante, aime et aime encore. »

Il ajoutait, grave : « Et oublie tes chagrins, aussi vite que tu oublies ceux que tu as infligés à autrui. »

Quel homme extraordinaire ! Et quelle générosité avec les enfants de l'île ! Quelle affection ! Ils couraient après lui dans la rue, l'attrapaient par la main, frappaient à sa porte... « Je peux avoir une photo ? Je peux avoir une photo ? » Ils étaient des dizaines, chaque été, à montrer leur portrait à tous ceux qu'ils croisaient : « *Kita ! Kita !* Regarde ! Regarde ! » Des enfants qui, pour la plupart, n'avaient pas même une paire de chaussures ! Et voilà que tout à coup, par la grâce d'une photo, ils vivaient un instant d'infini bonheur.

Désormais, c'était la femme d'Andréas qui perpétuait la tradition. « *Ké si thélis mia fotografía ?* Toi aussi, tu veux ta photo ? » Chaque fois avec le sourire... Ce couple faisait la joie de l'île sans rien demander d'autre que de pouvoir l'aimer.

Il se souvint de l'émotion qui l'avait étreint, une année plus tôt, début juillet, à l'arrivée d'Odile et de Pénélope, sa fille, l'année de la mort d'Andréas. Elles étaient encore en train de transborder leurs valises de la navette sur la jetée. Il s'était approché d'elles, en souriant : « Et Andréas ? » Odile s'était jetée dans ses bras, en sanglots.

« Tel que tu es, va de l'avant. » Le mot était gravé dans la mémoire de Yorgos. « *Dóxa to Théo* », répétait-il toutes les trois phrases, gloire à Dieu. Il avait eu une chance folle. Une épouse native de l'île, que tout le monde aimait. Une fille à Rhodes, une autre en Crète, toutes deux mariées, qu'il voyait rarement, et dont il confiait le bonheur au bon Dieu. Et un fils, Leandros, Lakis, comme tout le monde l'appelait. Un garçon formidable, policier de l'île. Sans oublier son café, véritable lieu de paix. Les gens du village s'asseyaient là où ils trouvaient une chaise de libre. Et peu importait que la table fût déjà occupée. Chacun se connaissait et se racontait. Les conversations rassuraient, consolaient. Le matin, les vieux, le soir plutôt les jeunes. Chacun sa *parea*, ses amis du quotidien.

Il se resservit une cuillerée de confiture, la garda en bouche autant qu'il put, et se laissa glisser sur le dossier de sa chaise. À sa gauche, distantes d'un kilomètre, trois îles minuscules, on aurait dit des galets posés sur le sable. À droite, les maisons blanches de Bodrum… Elles aussi avaient été grecques avant d'être turques. Ceux d'en face avaient beau dire que *Bodrum katı*, en turc, voulait dire sous-sol, on ne la lui faisait pas : *rum* désignait les Grecs, que ces ignares de Turcs confondaient avec les Romains… Son explication était boiteuse, il le savait, mais elle lui donnait l'occasion de se dire que ceux qui les avaient chassés de chez eux étaient des incultes.

À quelques mètres, des barques se balançaient dans la petite anse qui leur servait de port naturel. Il connaissait le nom de chacune, sa taille, et, à peu de chose près, l'année de sa construction. *Pantocrator,* le Christ tout-puissant, *Pende adelfia,* les Cinq frères, *Katina*, la Catherine… La première était peinte en rouge vif, ceinte à mi-hauteur d'un bandeau jaune. La deuxième était verte à bandeau blanc, et la *Katina,* bleu et rouge. À la lumière du jour naissant, les couleurs des barques se reflétaient sur l'eau, et le léger clapotis de la mer créait un mélange de teintes d'une beauté irréelle.

Oui, Dieu les avait oubliés. Ils vivaient dans la pauvreté, le deuil et, très souvent, le désespoir. Mais y avait-il au monde plus bel endroit ?

Il repensa à son exil, à la guerre, à ceux qui avaient disparu… De tous les hommes de l'île, il était l'un des seuls à ne pas porter un brassard noir au bras gauche.

Il avait eu de la chance.

Île de Saint-Spyridon,
31 août 1950, 19 h 00

Clio compta. Avec l'arrivée du maire, ils étaient dix. Pas grand monde. Yorgos, le patron du café, deux trois amis, des voisins…

Elle ne s'attendait pas à ce qu'il y ait foule. À Saint-Spyridon, les gens s'étaient habitués aux adieux, et par comparaison, le sien n'avait rien de dramatique. Une place s'était libérée au monastère, elle prenait le voile, on ne la verrait plus au village, l'île avait connu pire.

« Tu y trouveras une nouvelle famille », lui répétait Maria, sa tante. Elle-même s'était fiancée à seize ans, une semaine avant que son promis n'embarque au Pirée sur un chalutier qui partait pour l'Afrique du Nord. Mais voilà, le fiancé n'était jamais revenu. Pourtant, le bateau n'avait pas chaviré. Vingt ans plus tard, elle s'apprêtait à quitter Saint-Spyridon. Cosmas, le prêtre de l'île, lui avait trouvé une place en cuisine à la résidence du métropolite, à Athènes, là où la vie lui serait moins dure.

« Plutôt que de te morfondre à attendre un homme qui ne viendra pas, répétait-elle à Clio, tu prieras pour le salut de tes parents et de tes frères. Le Seigneur t'en saura gré. »

La mère de Clio était morte à la fin du printemps, usée par le chagrin d'avoir perdu à la guerre civile deux fils partis protéger leur patrie et sa sainte Église des apostats communistes. Ils étaient *morts dans le sang*, comme on appelait ceux qui ne revenaient pas du combat. Clio avait neuf ans le jour où elle les avait vus partir. L'aîné des quatre enfants était vivant, moine au mont Athos. Mais il n'avait pas le droit de maintenir un lien avec sa famille. De lui elle ne se souvenait pas, ni de son père, qui avait disparu en mer alors qu'elle n'était pas née.

Sa tante avait fini par la convaincre : au monastère, elle serait prise en charge, vêtue, logée, nourrie… Surtout nourrie ! « Et oublie une fois pour toutes ces idées ridicules ! », répétait sa tante. Elle se référait au rêve de Clio : devenir couturière. Faire la tournée des familles voisines, collecter leurs chutes de tissus, même les plus insignifiantes, en faire des assemblages, voilà ce qui la comblait. En temps normal, elle aurait pu tirer quelques sous de son travail. Mais dans l'état où se trouvait l'île, les gens ne portaient que des vêtements usés, retournés, rapiécés… Les commerces étaient fermés. Seuls travaillaient encore le vendeur de pains de glace, indispensables à la conservation du poisson, et le fournisseur d'eau. Les femmes, par tradition installées à même la rue sur leurs chaises de paille tressée, à broder des chasubles destinées au culte, avaient disparu. Pour une jeune fille démunie comme elle, le monastère restait le seul refuge.

Agglutinés autour d'une petite table chichement garnie de fromage de chèvre, d'olives et de quelques morceaux de pain, ceux qui étaient venus prendre congé parlaient à voix basse, mal à l'aise d'être si peu nombreux, impatients d'en finir.

Petros, un blond aux airs de Scandinave, vint la saluer. Le village l'appelait l'Américain : à la fin de la guerre, un soldat avec lequel il avait beaucoup sympathisé lui avait fait cadeau de sa *college ring,* une bague d'ancien élève qu'il portait avec ostentation.

Le garçon s'occupait du chantier naval hérité de son père, mort à la guerre. Avant l'occupation, on y fabriquait des caïques. Cela faisait dix ans qu'il était à l'arrêt. Tirant profit de l'outillage et des chutes de bois qui traînaient encore, Petros se faisait quelques sous en effectuant de petits travaux de menuiserie.

Clio se leva et lui donna l'accolade. Maria fit de même :

— Lui, au moins, il survit, dit-elle, à peine Petros leur avait-il tourné le dos.

Vendredi 1er septembre, 06 h 00

Clio n'avait pas fermé l'œil de la nuit. Et si elle se retrouvait en cellule avec une vieille nonne malodorante et méchante ?

La règle voulait que chaque moniale soit seule dans sa cellule. Mais, depuis le début de la guerre, la demande de prise de voile était si forte que le métropolite avait accepté de suspendre la règle, au moins temporairement. « Comment voulez-vous que je refuse l'asile à de jeunes croyantes qui n'ont d'autre choix que la vie monastique ? », lui avait dit l'higoumène en présentant sa requête. Il avait cédé, sachant qu'une annexe devait être construite sur la parcelle en aval du monastère. Il y aurait alors vingt chambres de plus et chaque moniale serait à nouveau seule en cellule. À quel horizon ? avait demandé sa tante à Andonìa, l'higoumène, lorsqu'elle était venue lui rendre visite accompagnée de Clio. L'higoumène avait levé les yeux au ciel : « *O Theós xéri* », Dieu seul le sait.

« Tu pourras vivre chez nous sous trois conditions, l'avait prévenue l'higoumène, le ton sec. La virginité, la pauvreté absolue, et, surtout, la soumission. » Elle avait utilisé l'expression : *Ekkopí tou idíou thelímatos*. Il lui faudrait « abattre sa propre volonté » : « Tu appartiendras au Christ. Corps et âme, tu entends ? Corps et âme. » Elle ne devrait plus s'interroger sur quoi penser, faire ou décider. Il lui faudrait dorénavant s'en remettre à l'higoumène. Pour tout. « Apprendre à baisser la tête est une vertu qui te rapprochera du Seigneur, avait martelé Andonìa. C'est à Lui que tu consacreras ta vie. Nous rapprocher du Christ est notre souci de chaque instant. » L'higoumène avait soudain semblé absente. Puis elle avait ajouté, le regard flou : « Aussi proche de Lui qu'il est possible de l'être. »

Clio se souvenait des mots du père Cosmas, lorsqu'il leur racontait le face-à-face du Christ et du Malin dans le désert. « Pourquoi notre Seigneur a-t-Il refusé de soumettre les hommes à Sa volonté ? Parce qu'Il leur faisait confiance ! » Mais alors, se demandait Clio, était-ce possible qu'à la fois le Christ lui fasse confiance et lui demande de se soumettre corps et âme à l'higoumène ? Et comment se retrouver aussi proche que possible de Lui ? Au monastère, dans le bureau de l'higoumène, Clio avait cherché sa tante des yeux. Pourquoi celle-ci avait-elle fui son regard ? Que savait-elle ? Très vite, Clio avait tourné le dos à ces interrogations. Ce que l'higoumène venait de dire relevait du bon sens. Si les moniales d'un monastère ne souhaitaient pas se rapprocher du Christ par tous les moyens, qui s'en chargerait ? Que feraient-elles, alors, de leur vie ? Après l'avoir effrayée, la radicalité de l'higoumène l'avait rassurée. Sa foi serait renforcée par la vie monastique ! Et sa tante avait raison. Partir chercher un fiancé en Australie ? Faire un mariage arrangé à l'autre bout du monde ? Autant rester parmi les siens, prier le Seigneur et vivre sous sa bienveillance.

*

— Regarde ce que je t'ai trouvé.

Un plein verre de lait de chèvre l'attendait à la table du petit-déjeuner. Sa tante l'avait demandé deux jours plus tôt à un voisin.

Clio prit place sans dire un mot.

— Tout ira bien, dit Maria après un long silence.

Clio eut le cœur serré. C'était la dernière fois de sa vie qu'assise à cette table, elle allait boire du lait de chèvre. Du reste, tout ce qu'elle allait faire ce matin serait une dernière fois. Dernière fois qu'elle verrait sa tante, sa maison, ses chiffons, les photos de ses parents et de ses frères. Au moment de franchir la porte du monastère, elle n'aurait rien que le vêtement qu'elle portait sur elle.

— Dans quelques minutes, ce sera la dernière fois que je t'embrasserai, dit Clio.

La famille n'accompagnait pas la future novice. Les scènes d'arrachement à la porte du monastère n'avaient pas lieu d'être.

Maria hocha la tête. Dans une semaine, ce serait son tour de quitter la maison. Aller travailler chez le métropolite, c'était une autre façon de rentrer au couvent. Elle n'entrevoyait pas de retour sur l'île.

— Qui va rester ? murmura-t-elle comme pour elle-même.

À nouveau le silence s'installa.

— J'y vais, dit enfin Clio.

Elle se leva et but son verre de lait debout, d'une traite. Maria la regarda, étonnée :

— Déjà ? L'higoumène t'attend pour onze heures.

— Je vais saluer madame Odile.

Sa tante se leva à son tour et la serra dans ses bras. Lorsqu'elles se séparèrent, Maria chercha le regard de Clio :

— Si tu veux être heureuse au monastère, fais toujours ce que te demande l'higoumène.

Clio la regarda dans les yeux durant de longues secondes, inquiète de tant d'insistance.

Puis elle lui tourna le dos et quitta la maison.

*

Une iconostase, érigée à la mémoire de son père et de ses deux frères disparus, se trouvait en bordure de route, à quelques pas de chez elle. Haute d'environ un mètre, peinte de bleu et de blanc et dédiée à saint Nicolas, protecteur des marins, elle portait une plaque de marbre blanc gravée à son nom. En dessous, une croix saillante d'une dizaine de centimètres de haut, en marbre blanc elle aussi, biseautée, donnait au petit édifice un air d'élégance.

Clio s'assura que la lampe était allumée et que la réserve d'huile d'olive était suffisante pour les prochains jours. Sa tante viendrait alimenter la lampe jusqu'à son départ pour Athènes. Ce serait alors au père Cosmas de s'en occuper.

Elle posa un baiser sur ses doigts avant de caresser l'icône du saint et se signa trois fois, comme elle le faisait lorsqu'elle passait devant chacune des iconostases de rue qui ponctuaient les chemins du village. Après être restée immobile quelques instants, elle rebroussa chemin et prit la route du bord de mer.

Allait-elle jamais marcher à nouveau le long de cette route ? Revoir cette mer ? Comme tous ceux de l'île, elle ne rentrait jamais dans l'eau. Du temps de l'Américain, Petros et lui restaient des heures dans la mer. Mais c'était il y a longtemps, l'Américain était parti, et personne n'avait vu Petros nager depuis.

Elle eut une moue de dérision. La mer avait englouti son père, et voilà qu'elle se demandait si elle la retrouverait.

Alors qu'elle approchait de la maison d'Odile, celle que l'île appelait *i Gallida*, la Française, chez qui elle avait travaillé durant les deux derniers étés, elle ôta ses chaussures, inspira de l'air marin autant qu'elle put et parcourut une dizaine de mètres pieds nus, là où l'eau avait quelques centimètres de profondeur, la chassant à chaque pas par petits coups de pied.

Chez Odile,
1er septembre, 8 h 00

Assise sur un banc de la cuisine, Odile accomplissait son rituel du matin. Face à une grande planche de bois vissée au mur, elle laissait ses yeux courir sur les photos qu'elle y avait punaisées. Durant un quart d'heure ou une demi-heure, parfois plus, son esprit vagabondait, passant d'un souvenir, joyeux, à un autre, d'une tristesse sans fond, puis encore à un autre, plus doux, et ainsi de suite. Une vingtaine de photos représentaient André. Les autres dataient de l'été qui venait de s'écouler : des paysages, des gens du village, un âne…

Elle arrêta son regard sur celle où l'on voyait André sortir de la mer en courant, l'eau à hauteur des mollets. À sa grimace, on comprenait qu'elle était froide.

Comme il était beau, fin, racé… Mince au point d'être maigre… Gracieux malgré la grimace… Elle se souvint de l'élégance avec laquelle il s'exprimait en grec. Pas une pointe d'accent. Combien de fois n'avait-elle pas entendu quelqu'un demander à son mari, l'air étonné : « *Éllinas thén issé ?* », Tu n'es pas grec ?

La photo adjacente les montrait tous deux assis sur le banc qu'elle occupait à cet instant, son bras entourant les épaules d'André. Ils souriaient à l'objectif, l'air de ne pas y croire.

Sur une autre, prise du haut d'un amphithéâtre, André donnait une conférence. Sur une autre encore, il tenait Pénélope dans ses bras, à son premier anniversaire. Sur la photo voisine, il était souriant, debout à côté d'un âne qui portait des pains de glace.

Son regard glissa sur plusieurs photographies qu'elle avait faites durant l'été : un alignement de barques amarrées à la jetée, un gamin de sept ou huit ans tirant une chèvre par une corde, l'église *Ágios Nikólaos*, Saint-Nicolas, photographiée depuis l'ouest, au soleil faiblissant, un portrait du père Cosmas, plusieurs photos de Pénélope, quelques-unes d'elle-même en maillot de bain prises au cours des dernières semaines, lorsque, embelli par le soleil et la nage, son corps lui faisait moins honte.

Elle avait aussi punaisé trois clichés pris par André, l'un du temple de Poséidon à Sounion, un autre de l'amphithéâtre antique de Kalamaki, le troisième d'un Apollon de Rhodes. Elles racontaient une autre Grèce que celle du ciel bleu et de la mer turquoise. Une Grèce en noir et blanc, blessée, griffée. Aucune photo du Parthénon, bien sûr. André considérait le temple d'Athéna comme l'incarnation du sacré. Défiguré par l'arrachage sauvage de ses plus belles frises, un siècle et demi plus tôt, il en portait toujours les stigmates.

« On ne photographie pas le sang qui coule, répétait André, on le respecte. »

Un jour qu'il avait demandé au père Cosmas s'il ne se révoltait pas de tout ce que son pays avait subi et continuait de subir : quatre siècles d'occupation ottomane, puis, aussitôt libéré, l'Occident qui se targue de défendre sa culture, lui vole les frises du Parthénon et lui flanque un roi bavarois à moitié crétin, puis les Turcs encore, les massacres d'Asie Mineure, la Seconde Guerre mondiale, les Italiens, l'occupation nazie, les Américains en bons libérateurs, la guerre civile… Les malheurs s'étaient abattus sur le pays comme les sauterelles de l'Apocalypse.

— Regarde autour de toi, avait demandé Cosmas. Que vois-tu ?

— Le plus beau paysage du monde.

Cosmas avait souri :

— *Filémou Andréas*, André mon ami… Le bon Dieu n'a fait que nous présenter la facture.

Face à Odile, sa fille terminait son petit-déjeuner dans un silence tendu.

— Et ta Clio ? demanda soudain Pénélope.

Odile regarda sa fille, excédée :

— Elle passera nous saluer. Tâche de lui dire un mot aimable. Ce sera la dernière fois.

— Je ne parle pas grec.

— Tu le parles très bien.

Pénélope protesta. Elle n'avait rien à dire à Clio.

Odile ne réagit pas. La journée serait douloureuse. Il lui fallait détacher la cinquantaine de photos punaisées à la planche, les protéger, les ranger dans l'une des valises, vider le laboratoire. Replonger chaque fois dans le souvenir…

Elle les empila sur la table, se rendit au cabanon qui servait de chambre noire et resta figée un long moment devant la console de bois où étaient posés les bacs, l'agrandisseur et les réserves de films et de papier. Le voyage serait long, Pénélope ferait sa ronchonneuse, et les deux jours de bateau pour arriver à Athènes, suivis des deux jours et demi de train, lui paraîtraient interminables.

— Je vais m'habiller, lança Pénélope.

— C'est parfait, dit Odile, absente.

— Et ce café est toujours aussi infect.

Sa fille avait raison. Le breuvage n'avait de café que le nom. Il consistait en une poudre de pois chiche dissoute dans de l'eau chaude, mêlée à de la farine de caroube qu'Odile ajoutait pour la douceur et la couleur. Elle aurait pu apporter de Paris quelques boîtes de vrai café, mais André s'y était toujours refusé. Pas question de jouer les riches étrangers. Ceux de l'île buvaient du faux café, ils feraient de même.

André, André, André… Ils avaient vécu beaucoup plus longtemps à Paris qu'à Saint-Spyridon, une douzaine d'années contre quatre fois deux mois. Pourtant, c'était là qu'elle le retrouvait, plus proche, plus vibrant.

Quatre fois deux mois d'un bonheur irréel. « Ici, nous sommes dans la vérité », disait André.

Il lui avait demandé, un jour, pour quelle raison elle était si rayonnante à Saint-Spyridon, ajoutant, espiègle : « Les vacances n'expliquent pas tout… » « Tu m'intimides moins qu'à Paris. » Il l'avait traitée de sotte, avant d'ajouter, en riant : « C'est parce que nous faisons l'amour trois fois par jour… » Elle s'était caché le visage dans les mains. Ce n'était pas une affaire de fréquence mais d'audace. Elle se sentait plus libre.

Elle pensa aux tirages qu'elle avait faits de Clio. Comment lui en proposer un ou deux sans attirer l'attention de Pénélope ?

— Le bateau, c'est combien d'heures ?

Décidément, sa fille avait envie d'en découdre. Elle savait que le trajet durait deux jours au moins, selon la mer.

— Et on arrivera quand à Paris ?

Odile émit un soupir d'impatience :

— Jeudi matin, s'il n'y a pas de surprise.

Les surprises, c'étaient les haltes prolongées, lorsque le train traversait les Balkans.

— Vous n'auriez pas pu choisir une île plus proche ?

Ils cherchaient une maison sur une île grecque, isolée et forcément modeste. Ils en avaient repéré une à Kalymnos, lorsque le propriétaire de la pension où ils logeaient les avait envoyés chez un cousin, pope à Saint-Spyridon.

Située entre Kalymnos et Kos, l'île avait beaucoup souffert de la guerre. Le père Cosmas les avait mis en contact avec Petros, dont la maison, en pierre blanchie à la chaux, avait été bâtie à une trentaine de mètres de la mer : deux petites chambres, une cuisine qui tenait lieu de séjour, là où se trouvaient la table et les deux banquettes, des latrines à l'arrière du bâtiment, et le cabanon qu'André allait transformer en laboratoire photo. L'île n'avait pas de source naturelle, et l'eau, rare et chère, arrivait de Kos… quand elle arrivait. Un camion-citerne la distribuait aux maisons qui n'étaient pas raccordées au réseau du village. C'était le cas de celle de Petros, une structure à toit plat surmonté d'une citerne. Il avait fallu en rajouter une sur le toit du cabanon, pour alimenter le laboratoire. Petros vendait sa maison deux mille dollars, payables par tranches. Ils avaient trouvé un accord.

Odile plaça dans un bac les bouteilles de révélateur, de bain d'arrêt et de fixateur, déposa le tout à la cuisine et alla s'asseoir sur la grève.

L'air du matin était déjà chaud. Devant elle, on voyait les côtes de Kos, et à sa droite, à un jet de pierre, celles de la Turquie et les maisons blanches de Bodrum.

*

— Vous permettez ?

Elle n'avait jamais vu d'homme aussi séduisant. Quel âge pouvait-il avoir ? Elle s'était posé la question en vitesse, puis n'y avait plus pensé. Quel intérêt ? Elle avait découvert son âge bien plus tard, en lisant une revue de la Sorbonne. Cinquante-deux ans. Et elle dix-neuf. L'avait-il remarquée ? Au Mont-Dore, le café de la rue des Écoles tenu par des Auvergnats, il s'était assis à la table voisine de la sienne, un midi.

Ce n'était pas le fait du hasard. Cela faisait quinze jours qu'elle avait repéré le lieu où il prenait ses repas. Il lui fallait encore oser, devancer André, s'installer à une table en ayant soin de la choisir à côté d'une autre encore libre :

— Pourquoi le grec ancien ?

Elle n'avait pas osé lui dire que c'était pour le voir.

— Et vous, si je peux me permettre ?

Il aimait tout, de la Grèce. La langue, l'histoire, la terre, la mer, les vestiges, l'esprit, la lumière... Tout. Et bien sûr les gens. Brillants, mordants... Des êtres dont l'affection devait se mériter. Son amour pour la Grèce se mariait naturellement avec son autre passion, la photo. Impossible d'imaginer l'un sans l'autre. La photo, c'était la mémoire, et la Grèce, l'éternité. Une façon de ne pas mourir, malgré ses blessures. Il avait parlé du Parthénon, de ses frises, volées par un voyou d'Anglais, des stigmates laissés par l'arrachage. « Des stigmates, comme les blessures du Christ ? » « Oui, lui avait-il répondu. Des blessures sacrées... » Il avait ajouté, l'air absent : « Elles mériteraient d'être photographiées en très gros plan… Un travail délicat. Je m'en sens incapable. J'aurais le sentiment de profiter du malheur d'autrui. »

Ils s'étaient retrouvés le lendemain, au même endroit. Deux jours plus tard, ils étaient amants.

Elle n'avait jamais connu d'autre homme. Ni avant lui ni après.

Chez Odile,
1er septembre, 10 h 00

— Et ça ?

Prête à exploser, Pénélope brandissait les photos de Clio qu'Odile avait mises de côté pour les lui donner.

— Je te rappelle que je gagne ma vie et la tienne en faisant des photos.

Pénélope déchira les agrandissements et lança les morceaux au visage de sa mère. Celle-ci se leva et la gifla, avant d'apercevoir Clio à l'extérieur de la maison.

Pénélope la toisa et, sans dire un mot, alla dans sa chambre.

Odile serra Clio dans ses bras. Le regard sur les restes des photos, la jeune fille ne répondit pas à son étreinte.

— Ne fais pas attention, dit Odile.

Elle ne se faisait aucune illusion quant aux sentiments qu'éprouvait sa fille à l'égard de Clio. Pataude, boulotte, Pénélope avait pris d'elle plutôt que d'André. Tandis que Clio... Des yeux d'un vert clair comme elle n'en avait jamais vu, une démarche de ballerine, un sourire lumineux... La grâce incarnée.

Une sorte de protocole s'était installé entre les deux filles. Clio commençait son travail à huit heures du matin et Pénélope se levait aux alentours de midi, heure à laquelle Clio rentrait chez elle. Si l'arrangement donnait à Odile l'occasion de longs tête-à-tête avec Clio, il nourrissait aussi la jalousie de Pénélope.

Au fond, se dit Odile, entre André et elle, Pénélope n'avait jamais trouvé sa place.

— Les photos étaient pour toi…

Clio haussa les épaules. De toute façon, elle n'aurait pas pu les prendre. Au moment de franchir la porte du monastère, elle n'avait rien le droit de posséder.

Odile la regarda :

— Tu vas me manquer…

Clio se précipita dans ses bras et la serra de toutes ses forces. Lorsqu'elles se séparèrent, Odile lui demanda si elles se reverraient. Clio secoua la tête, tourna brusquement le dos et prit le chemin du monastère.

Au monastère de Saint-Spyridon,
dans le bureau de l'higoumène,
1er septembre, 11 h 00

— Ta vie au monastère débutera par une période probatoire durant laquelle la sincérité de ton engagement sera durement mise à l'épreuve. En es-tu consciente ?

Clio et Andonìa étaient assises de part et d'autre du petit bureau de l'higoumène. Debout à côté d'elles se tenait une moniale aux lèvres épaisses et à la stature imposante.

— Ma tâche est « d'éprouver les esprits pour voir s'ils sont de Dieu », selon les mots de Jean l'évangéliste, reprit Andonìa. Cherches-tu vraiment le Seigneur ? Es-tu prête à te livrer à Lui sans réserve ?

— Je Le cherche et je Le chercherai, répondit Clio. De tout mon cœur et de toutes mes forces.

— Nous le verrons à tes attitudes et à tes actes, dit l'higoumène d'un ton sévère. Dès cet instant, tu es *ipó dokimín*, en probation. Si tes efforts sont conformes à tes paroles, tu seras bientôt novice, puis, vers l'âge de dix-huit ans, moniale. Jusque-là, ton engagement à servir le Seigneur devra être d'une pureté absolue.

— Tu ne dois rien préférer à l'amour du Christ, intervint Ioanna, la jeune moniale. Tu te rapprocheras de Lui au plus près, à chaque instant de ta vie.

Elle avait martelé ces derniers mots. Clio la regarda, décontenancée par tant de véhémence. Ioanna laissa passer un silence, avant d'ajouter :

— Comme si tu voulais que Son sang rejaillisse jusqu'à toi !

La vie de moniale était fondée sur une discipline. Clio devrait accepter de se faire violence sans relâche, afin de terrasser ses pulsions diaboliques. La seule façon d'y arriver était de se réfugier dans la prière « à toute seconde du jour et de la nuit », insista Andonìa, « même en accomplissant les tâches les plus humbles ». Travail en cuisine, lectures, repas, allées et venues, chaque instant de la journée était l'occasion d'une prière :

— Le Seigneur ne se contente pas que l'on soit attentif à Lui à telle ou telle heure. Tu devras l'être sans interruption. Tu ne pourras répondre à Sa demande qu'en chassant tes désirs coupables. Le retranchement de ta volonté aura pour corollaire ton devoir d'obéissance absolue. Comprends-tu ce que nous exigerons de toi avant de te recevoir novice ?

— Je le comprends et je l'accepte, répondit Clio.

Elle ne s'attendait pas à tant de dureté. Lorsque, avec sa tante, elle avait été voir l'higoumène, celle-ci avait usé d'un ton plus doux. Elle n'eut pas le temps de s'interroger que Ioanna revint à la charge :

— Trois choses encore que tu dois garder en mémoire à tout instant (elle appuya sur ces trois derniers mots)…

Elle devait bannir toutes paroles inutiles, en particulier les plaisanteries. Éclater de rire appartiendrait désormais au passé, tout comme échanger des mots frivoles. À moins d'une obligation impérieuse dictée par le souci de sauver son âme ou par une nécessité liée au travail, parler était interdit. L'unique exception serait la psalmodie.

Renoncer aux plaisirs des sens était un impératif absolu de la vie monastique, une urgence, pour qui souhaitait se rapprocher du Seigneur :

— « Tu fuiras la foule », nous dit le prophète. Il précise : « Fuis jusqu'à ceux de ta maison. Isole-toi même de tes amis et de tes intimes. »

Enfin, le pays venait de vivre neuf années de guerre. Il était donc impératif que, dans des temps aussi cruels, le monastère accueille autant de chrétiennes qu'il lui était possible, dès lors qu'elles désiraient consacrer leur vie à servir le Christ. En attendant la construction de l'annexe, pour laquelle chaque moniale priait le Seigneur au quotidien, les pensionnaires du monastère vivaient par deux dans des cellules qui ne pouvaient accommoder qu'un petit lit et un matelas impossible à déplier complètement :

— Ce sera pour toi une chance de prouver ton amour à notre Sauveur, reprit Andonìa. Dans la promiscuité à laquelle t'obligeront les circonstances, tu résisteras à la tentation de bavarder avec celle dont tu partageras la cellule. Considère cette règle comme une occasion supplémentaire de marquer ta soumission.

Les portes des cellules étaient en bois mince. Chaque nuit, elle-même et Ioanna s'approchaient en catimini des quelques chambres où elles suspectaient la règle du silence d'être bafouée.

— Et voici nos horaires de prière, reprit l'higoumène. Ce seront les tiens jusqu'au jour où ta vie sur Terre cédera le pas à la vie éternelle et que le Seigneur t'accueillera en son sein.

À six heures, matines et laudes, suivies quatre fois par semaine par la Divine Liturgie, célébrée par le père Cosmas. De huit heures trente à dix heures, elle travaillerait en cuisine sous les ordres de Ioanna :

— Tu te montreras soucieuse de ne rien gaspiller.

À dix heures, tierce et sexte, suivies du déjeuner. Dès treize heures, tâches de nettoyage. À dix-sept heures, none et vêpres, repas du soir et complies. Enfin venait le temps du grand silence :

— Ioanna va te mener à ta cellule. Tu y trouveras Dimitra, *ipó dokimín* elle aussi, qui vient de Trikala et qui est chez nous depuis deux ans.

— Elle est encore en probation ? demanda Clio. Après deux ans ?

— Voilà précisément une parole inutile, laissa tomber l'higoumène.

*

Dès que Ioanna et Clio eurent quitté la pièce, Andonìa se rendit dans sa cellule, s'agenouilla et se mit à psalmodier :

Montre-moi, Seigneur, le chemin qui mène à Toi.

Elle répéta sa supplique cent fois, puis alla s'étendre sur le ventre à même le sol, bras en croix. Pourquoi avait-elle accepté cette pauvre enfant au monastère ? Elle n'avait pas la foi, c'était manifeste. Une de plus dont l'engagement résultait d'un malentendu. Et s'agissait-il vraiment d'un malentendu ? Les guerres faisaient rage depuis quarante ans. La famine creusait les ventres. À qui acceptait de consacrer sa vie au Seigneur, le monastère offrait de quoi ne pas mourir de faim, une discipline de chaque instant qui empêchait de sombrer, et la protection de ses murs.

Elle-même avait beau être higoumène, son parcours n'avait pas été différent de celui de Clio. À Bodrum, où son père était pope, les Turcs étaient déterminés à chasser jusqu'au dernier des Grecs. Sa famille avait dû choisir : s'enfuir ou laisser sa peau. Elle s'était exilée au Pirée, consciente que la vie y serait d'une grande dureté. Les Grecs de la capitale vivaient eux-mêmes dans la misère. Ils n'avaient aucune tendresse pour ces « graines de Turcs », comme ils les appelaient, avec lesquels ils auraient à partager les quelques grammes de pois chiches qui constituaient le plus clair de leur nourriture. Le père d'Andonìa avait reçu la promesse d'un logement fait d'une seule pièce, trop exigu pour y caser la famille entière. La décision avait été prise : l'aîné des enfants irait dans un monastère des Météores et Andonìa entrerait à Saint-Spyridon.

Elle se souvint de son arrivée : perdue, seule, livrée au bon vouloir d'une higoumène et de ses moniales, avec pour unique voie de salut l'obéissance et la récitation obsédante de prières apprises par cœur, qui n'avaient d'autre mérite que de faire oublier la dureté de la vie monacale et la perte de la vraie vie. « Tu tiendras si tu t'approches du Christ », lui avait dit l'une des moniales. S'approcher de Lui, soit, mais comment ? « En partageant sa Passion, voyons, avec courage et humilité ! Ton sang se mêlera à Son sang et ta douleur rejoindra la Sienne. »

Comment interpréter ces mots ? Le soir même, à l'aide de ciseaux, elle s'était infligé une entaille d'environ cinq centimètres au milieu de la cuisse, appuyant la pointe avec prudence jusqu'à ce qu'apparaissent quelques gouttes de sang. Elle les avait essuyées avec dépit, honteuse d'un résultat aussi timoré, troublée d'avoir accompli un acte d'une telle nature. Se blesser volontairement, n'était-ce pas un péché ?

Malgré tout, elle répéta son geste le lendemain, incisant sa cuisse d'une même entaille à proximité de la précédente et n'en retirant qu'un élancement léger.

À l'évidence, elle devait aller plus loin. Au bout de deux jours, les lèvres de sa double scarification ne laissaient plus passer une goutte de sang. Au lendemain d'une nuit agitée, elle s'était infligé six entailles, trois sur chacune des cuisses, appuyant la pointe des ciseaux avec fermeté, le regard sur le crucifix accroché face à sa couche. Cette fois, le sang avait coulé d'abondance. Au cours des semaines suivantes, elle avait poursuivi la démarche : deux entailles chaque soir, d'abord aux avant-bras, puis aux mollets, au ventre, et enfin partout dans le gras du corps. L'effet était fort, bienfaisant autant que douloureux. Il la propulsait hors du sort médiocre qui était le sien. La souffrance la métamorphosait. Au fil des mois, les entailles prirent en importance et en douleur. Le sang coulait plus beau, plus généreux, plus noble, et de ces blessures naquit une ferveur inattendue. La douleur affermissait la foi banale d'une fille de pope. Si, avant, elle croyait parce qu'on lui disait de croire, sa ferveur désormais jaillissait de ses entrailles, une foi faite d'amour et de sang. Une vraie passion.

Et s'il y avait mieux encore ? Une douleur plus profonde, qui lui offrirait une plus grande extase ? Vinrent alors les blessures au clou qui frappe l'os des chevilles ou le haut du pied, là où le sang coule moins mais où la souffrance est aussi proche de celle du Christ qu'elle pouvait le supporter. Faire subir aux mains une même douleur n'était pas envisageable : le travail au monastère n'aurait plus été possible. Alors, pour partager, ne serait-ce que très peu, la douleur qu'Il avait ressentie à ses mains clouées sur la Croix, pour répondre à Ses stigmates par les siens, Andonìa imagina une brûlure infligée à leur dos, d'une main sur l'autre, frottant la phalange du médium aussi fort et longtemps qu'il était nécessaire pour blesser la peau, comme si on lui avait appliqué un charbon ardent. La blessure n'empêchait pas d'accomplir les tâches de la vie monacale. Au moins, le Seigneur voyait que sa servante pensait à Lui.

Sa démarche fut remarquée. Devant tant de dévotion et d'abnégation face à la souffrance, le métropolite nomma Andonìa higoumène alors qu'elle n'avait pas trente ans. Elle poursuivit sa tâche, étendant autant qu'elle pouvait son devoir d'exaltation à ses moniales. Entrant en monastère sans toujours comprendre ce qui leur arrivait, pour la plupart illettrées face aux Textes écrits dans la langue sainte, elles étaient à peine capables d'apprendre les grandes prières par cœur, et tant pis si le sens de bien des mots leur échappait. Leur foi rappelait à Andonìa la sienne à son arrivée, une foi de routine, héritée, plate. Son devoir était d'aider ces pauvres filles à s'approcher de la Passion. La souffrance les mènerait à l'extase, et de l'extase surgirait une foi forte, vibrante, une foi qui avait payé son dû. Servantes du Seigneur, elles seraient alors au plus près de Lui.

Lorsqu'une novice se montrait récalcitrante aux scarifications, Andonìa encourageait les moniales à la mettre à l'écart. Ajouté à la dureté de la vie monacale, l'ostracisme qu'elle subissait avait alors vite raison de sa résistance. Même les fortes têtes finissaient par plier. Simple question de temps.

Si la crainte de commettre un péché s'était avec le temps apaisée, elle n'avait pas disparu. Mais les bienfaits qu'apportaient les blessures étaient tels qu'ils chassaient toute velléité d'en parler au père Cosmas ou de se confesser.

Il lui arrivait de douter, bien sûr. Les moniales devaient-elles se montrer d'une telle dureté, au point de pousser les plus fragiles au désespoir ? Oui, concluait-elle. Ces drames avaient leur utilité. Voyez, disaient-ils aux moniales, ce qui arrive lorsque l'une de vous refuse d'être solidaire de nos combats.

Il arrivait qu'une jeune fille fût à la fois trop fragile pour supporter la douleur et trop vulnérable pour endurer sa mise à l'écart. Comme cette pauvre Emilia, dont on murmurait qu'elle avait décidé de rejoindre le Seigneur avant qu'Il ne l'appelle…

Depuis vingt ans qu'elle assumait la charge d'higoumène, Andonìa avait subi trois fois de tels « accidents ». Ils ne l'avaient pas fait fléchir. Servir le Christ était un combat qui ne pouvait être mené que si le monastère y participait tout entier. Moniales, novices, toutes devaient s'unir dans un même élan. Elle-même ne manquait aucune occasion de le rappeler : « Ne l'oubliez jamais ! Les apostats sont là, cachés, armés par le diable… » Face aux inévitables « accidents », son devoir était de tenir bon. Qu'il y ait un prix à payer pour accéder au Royaume, quoi de plus naturel ? Avant Emilia, c'était Teresa qui avait mis fin à ses jours, et avant elle Panayota…

Une autre tâche encore lui incombait. Elle devait aider ces malheureuses à apaiser leurs tourments de femmes… Comment leur faire oublier qu'elles avaient un corps, sinon par la lame ou le clou ? Oui, ce qu'elle exigeait d'elles était indispensable. Elle le savait mieux que quiconque. Indispensable mais pas toujours suffisant…

Les mutilations qu'elle s'infligeait nuit après nuit adoucissaient son désir d'entendre des mots crus soufflés à son oreille, elles apaisaient ses envies d'être touchée, caressée, embrassée. Mais les accalmies ne duraient pas. Aucune nuit ne passait sans qu'elle rêvât d'une caresse, une caresse de rien du tout, d'abord, une main qui effleurait une joue, une épaule, puis peut-être un sein, pourquoi pas un sein, et puis un ventre, une cuisse, rien qu'un instant, un baiser au creux des reins, un long baiser tendre, qui descendait plus bas, et pour finir l'envie folle de sentir les doigts de Ioanna qui entraient dans son sexe et sa bouche mordre la sienne.

1er septembre, 20 h 00,
dans la cellule de Dimitra et Clio

À plat ventre sur son lit, les pieds sur l'oreiller, Dimitra cherchait le regard de Clio :

— Alors, tes impressions ?

Recroquevillée sur son matelas, Clio se redressa :

— On va nous entendre !

Dimitra eut un geste de la main :

— L'higoumène et sa Ioanna passent leur temps à jouer sur nos peurs. Tu les vois arpenter les couloirs, l'oreille aux portes ?

Elle n'avait pas même pris le soin de chuchoter :

— Tu veux un bon conseil ? En voilà deux. Ne crois pas ce qu'on te raconte. Et tâche de voir ce qu'on te cache.

Au soir du premier jour déjà, Clio avait compris que trouver sa place au sein du monastère serait plus difficile que prévu, et que la vie s'y annonçait d'une rudesse insoupçonnée. Les deux repas qu'elle avait partagés au réfectoire l'avaient laissée le ventre plus creux au sortir de table qu'avant : chaque fois un fond de soupe aux haricots, un morceau de pain à base de poudre de pois chiches dont elle n'avait pas fait trois bouchées, et un demi-oignon. Il est vrai que c'était un vendredi, jour où l'huile était bannie. Durant l'après-midi, elle avait récuré les sols de la cuisine et de la buanderie, un travail dur accompli à genoux sur un sol de pierre. « L'eau est rare, lui avait dit Ioanna, et le savon hors de prix. Tu en useras aussi peu que possible. » Comment, prise par de telles tâches, trouver la sérénité nécessaire à célébrer le Christ ? Qu'entendait l'higoumène, lorsqu'elle lui avait enjoint d'être si près du Seigneur que Son sang rejaillisse sur elle ? Surtout, le climat qui régnait dans le monastère la désemparait. Moniales et novices avaient le visage émacié. Elles se déplaçaient avec peine, la mine abattue. Et voilà qu'on l'avait mise en cellule avec une forte tête, sans doute pour la jauger. Il lui fallait se montrer prudente.

— Tu as le sentiment de t'être fait piéger ? demanda Dimitra.

La question était pertinente. Au fil de la journée, chaque étape l'avait ébranlée. Mais elle était déterminée à tenir bon, à ne laisser paraître aucune faille.

— Et si tu n'étais pas ici, ton rêve ?

Clio haussa les épaules :

— Couturière. J'aurais adoré. Toi ?

— J'ai un pied bot et je viens de Trikala, en Corinthie. Deux raisons pour me retrouver ici.

Il n'y avait plus rien à Trikala. Ni bétail, ni travail, ni de quoi se nourrir. Et bien sûr, personne à épouser, surtout lorsqu'on a un pied bot. Les jeunes étaient morts ou partis outre-mer. Lorsque la guerre civile avait pris fin, les filles avaient eu le choix entre le monastère et l'Australie, où de nombreux immigrés grecs cherchaient des épouses capables de perpétuer la tradition orthodoxe. Un bateau, le *Begonia*, s'était rendu à Melbourne avec un millier d'entre elles à bord. Beaucoup avaient en main la photo du fiancé avec qui elles allaient faire connaissance, d'autres partaient au petit bonheur la chance. Avec son infirmité, même en Australie personne n'aurait voulu d'elle :

— Jusqu'à ce que je rentre au monastère, c'est à peine si j'avais entendu prononcer mon prénom trois fois. À Trikala, tout le monde m'appelait *i koutsi*, la boiteuse. Nous étions deux sœurs. Ma cadette est allée en Australie avec ma mère. Sans photo !

Le pope de son église avait écrit à Cosmas :

— Les popes, c'est un réseau. Cosmas lui a dit qu'il n'y avait pas de place, mais mon pope a joué sur la corde sensible : la pauvre Dimitra est seule au monde, infirme, en plus, que veux-tu qu'elle devienne. Avec ma jambe, cela m'aurait été difficile de courir derrière un mari, si tu vois ce que je veux dire. Cosmas a su se débrouiller. Donc, me voilà. Et je ne suis pas la seule à être ici pour des raisons qui n'ont rien à voir avec la foi. Même si beaucoup de filles veulent se convaincre qu'elles ont été appelées par le Seigneur. Les idiotes.

Clio l'observa. Elle avait l'air sincère. Et plutôt accueillante. Elle décida de s'ouvrir. Quelque chose lui semblait incompréhensible. Si la plupart des moniales avaient acquis la conviction qu'elles se trouvaient désormais proches du Seigneur, pourquoi avaient-elles l'air si tristes ?

— Elles semblent souffrir. En plus, on dirait qu'elles se déplacent avec peine.

— Tu rigoles ? Elles n'en ont pas seulement l'air. Elles souffrent vraiment ! Sous le regard de l'higoumène et de sa Ioanna.

Dimitra se déplaça sur son lit, posa la tête sur son oreiller, le regard hors de portée des yeux de Clio, comme si elle ne souhaitait pas poursuivre la conversation.

— D'où viennent-elles ? demanda Clio.

L'higoumène, fille de pope, s'était retrouvée en monastère, une banalité. Le cas de Ioanna était plus douloureux. Elle était arrivée à Saint-Spyridon adolescente, une vingtaine d'années plus tôt. Un mystère planait à son sujet. On racontait qu'elle avait fui de chez elle.

— Et cette histoire de sang du Christ qui rejaillit sur toi ? se risqua Clio. Qu'a voulu dire l'higoumène ?

— Je te l'ai dit. Ne crois pas ce que tu entends. Et vois ce qu'on te cache. Bonne nuit.

— Est-ce que l'higoumène et Ioanna partagent la même cellule ?

Celle de l'higoumène lui était réservée. Ioanna partageait la sienne avec une Stephanìa, qui venait de Naxos :

Dimitra se mit à rire :

— Elle est vieille, grosse et pauvre en esprit.

— C’est bizarre qu’elles soient ensemble, tu ne trouves pas ?

Dimitra lui répondit qu’à sa connaissance, c’était Ioanna qui avait demandé à être en cellule avec elle :

— Ioanna la couve, Dieu sait pourquoi. Allez, bonne nuit.

Clio ne chercha pas à en savoir plus, soulagée de se retrouver avec une compagne de cellule qui ne lui était pas hostile. Au moment de s’étendre du mieux qu’elle pouvait sur son matelas, une question lui traversa l’esprit :

— Il y a longtemps que tu es seule en cellule ?

Dimitra resta muette.

— Je ne voulais pas me montrer indiscrète, reprit Clio. Si tu savais combien je suis soulagée d’être en cellule avec une fille aussi sympathique que toi…

— On en parle demain, fit Dimitra.

Monastère de Saint-Spyridon, au fil de la journée

« Que faire pour que le sang du Christ rejaillisse sur moi ? » se demanda Clio tout au long de la journée. Quel était le sens de cette injonction ? Comment l'higoumène pouvait-elle exiger d'une créature de Dieu qu'elle ne réfléchisse plus pour elle-même ? Le Seigneur n'avait-il pas refusé les propositions du Malin pour laisser aux hommes la liberté de leurs choix ? Pourquoi les moniales semblaient-elles si tristes ? Ne vivaient-elles pas dans la joie d'être proches du Seigneur ? Et pourquoi étaient-elles si nombreuses à se déplacer avec difficulté ? Avaient-elles toutes une jambe plus courte que l'autre, comme Dimitra ? Et ces grosses taches brunes au dos de leurs mains ? Quelle activité ménagère pouvait en être la cause ?

De bout en bout, la journée se déroula dans un silence tendu et passa sans que Clio croise Dimitra, sinon de loin, aux repas.

Autre chose, encore, la préoccupait. Face à une situation où tout lui échappait, comment s'attirer les bonnes grâces de l'higoumène ?

*

Au retour des complies, elles s'étaient installées comme la veille, Dimitra couchée sur le ventre à l'envers du lit et Clio sur son matelas, les bras entourant ses jambes recroquevillées.

— Pas mal pour un début, fit Dimitra, après que Clio lui avait fait part de ses impressions. Mon premier conseil était de ne pas croire ce que tu entends, et tu en as tiré un enseignement astucieux : ce n'est pas parce que tu n'as rien entendu que rien ne se passe. Ces silences sont des silences de désarroi. Te souviens-tu de mon deuxième conseil ?

— Je ne suis pas sûre d'avoir découvert grand-chose, répondit Clio, l'air hésitant.

Dimitra lui caressa les cheveux. De la vie au monastère, elle avait saisi plus qu'elle ne pensait. À commencer par l'immense détresse des pensionnaires :

— Nous arrivons pieds nus, après avoir tout cédé de nos misérables biens, jusqu'à nos pauvres habits. Et l'higoumène nous accueille en disant que ce n'est pas assez, que nous devons encore nous dépouiller de la moindre parcelle de volonté qui nous resterait, que dorénavant ce sera à l'Église, c'est-à-dire à elle, l'higoumène, de décider pour nous. Sur tout. Que devenons-nous, très vite ? Des fantômes. Il nous reste cette histoire ridicule d'être « près du Christ au point que Son sang rejaillisse sur nous ». Et comme c'est impossible, les moniales inversent le procédé. C'est leur propre sang qui jaillit sur le Christ.

Clio la regardait, éberluée :

— Quel sang ?

— Tu ne comprends donc rien ? Pour faire bonne mesure, elles se mutilent ! Elles cherchent à imiter le Christ sur la Croix, cloué aux pieds et aux mains.

Pour les pieds, cela leur était plus facile. Elles se plantaient un clou au niveau de la cheville. Pas bien profond. Quelques millimètres. Cela suffisait à faire couler un peu de sang et, surtout, à les rassurer :

— Des douleurs bon marché, qui leur donnent l'illusion d'exister. Je souffre, donc je suis proche du Christ... Elles croient qu'avoir la foi, c'est ça. Une fois l'effet passé, elles n'ont d'autre choix que de se mutiler à nouveau, de la même façon qu'un ivrogne doit boire sans cesse davantage pour atteindre la même ivresse, sachant qu'il sera de plus en plus triste. C'est ce que tu as lu sur les visages.

— Et l'higoumène laisse faire ?

Dimitra laissa échapper un petit rire. Tout cela allait dans son sens ! Elle contrôlait ses filles. C'était même elle qui fournissait les clous :

— Elle est d'une astuce diabolique. Avant de les donner, elle les bénit ! En fin de compte, tout le monde est content, les filles s'offrent des restants d'extase et l'higoumène les tient au bout de ses clous. Seul le Seigneur est perdant dans cette affaire. Il doit se dire : « Je ne me suis pas fait clouer pour que ces pauvres filles se clouent à leur tour. »

Elle, au moins, n'avait pas eu besoin de se mutiler. La nature s'en était chargée :

— C'est pour cela que l'higoumène me refuse le noviciat. Elle n'a aucune prise sur moi et n'en aura jamais. Elle le sait.

— Et les taches sur le dos des mains ?

Se planter un clou dans le pied ou la cheville rendait les déplacements douloureux, mais pas impossibles. Même en boitant, elles pouvaient accomplir toutes les tâches qu'exigeait le quotidien du monastère. Si en revanche elles se trouaient les mains, elles ne pourraient en accomplir aucune. Bêcher, planter, déterrer, peler, nettoyer, mettre un drap sur un lit... Rien de tout cela ne leur serait possible. L'higoumène avait imaginé une façon de se mutiler qui ne porte pas préjudice au travail.

— Donne-moi ta main droite et ferme le poing.

Clio s'exécuta.

— Fais ressortir ton médium tout en le gardant recroquevillé, comme s'il s'agissait d'une pointe qui surgit de ton poing. Parfait. Donne ta main gauche en la gardant fermée. Et maintenant regarde :

Elle saisit le poing droit de Clio, posa l'articulation de son médium sur le dos de sa main gauche et lui imprima un vif mouvement de rotation.

— Tu me fais mal, dit Clio.

— Le début du plaisir. Si je continue, ta peau va brûler, comme si je posais sur elle un charbon rouge. Les taches brunes que tu as vues sur les mains des filles sont les cicatrices de ces brûlures.

— Elles le font toutes ? demanda Clio.

— Toutes, répondit Dimitra. Imagine qu'elles ne le fassent pas. Elles seraient repérées, mises au ban, et la vie leur deviendrait impossible. C'est pourquoi l'higoumène et Ioanna me regardent de travers. Elles se méfient de mon influence. Elles risquent de te changer de cellule dès qu'un lit se libérera, tu verras.

— Et toi au milieu de tout cela ?

— Ma jambe plaide pour moi… Certaines ne m'adressent pas la parole, d'autres le font avec économie, d'autres font preuve de plus de gentillesse.

Elle sourit :

— Quant à toi… Un jour ou l'autre, il faudra bien que tu t'y mettes. Ça t'évitera de graves problèmes. Tu veux toujours savoir qui, avant toi, occupait le matelas sur lequel tu es couchée ?

C'était Emilia, qui ne supportait pas la vue du sang et refusait de se mutiler. Ostracisée, n'ayant nulle part ailleurs où aller, elle s'était pendue.

Clio la regarda, liquéfiée. Où avait-elle mis les pieds ?

Église de Saint-Spyridon,
jeudi 14, 16 h 00

Dimitra avait reçu ordre de nettoyer le sol maculé de cire entre le chœur et la nef, là où trois candélabres de fer forgé, chacun de vingt-quatre pointes, étaient disposés en cercle. Certains dépôts étaient récents, d'autres plus anciens, durcis et par endroits empilés.

Agenouillée sur le sol, elle fit glisser le grattoir métallique sur le marbre jusqu'à ce qu'il heurtât le petit amas de cire collé au sol, y mettant autant de force qu'elle put. En vain. Elle s'y reprit deux fois, sans succès, s'épongea le front, essaya encore.

Enfin l'amas céda. Elle le plaça sur une soucoupe en étain avant de s'attaquer à l'amas voisin.

Elle les détachait à genoux, puis nettoyait leurs résidus à l'aide d'une brosse mouillée d'eau et de savon à l'huile d'olive, poussant devant elle tantôt le seau d'eau noir de suie, tantôt la soucoupe d'étain, frottant avec vigueur jusqu'à ce que disparaissent les fines couches collées au marbre.

Elle en était à gratter sous le deuxième porte-bougies lorsqu'elle entendit des pas. C'était Ioanna, qui se planta devant elle et jeta un coup d'œil sur son travail :

— Tu dois mieux gratter et frotter. Ne quitte pas l'église avant d'avoir terminé.

D'un coup sec du pied, elle heurta le seau dont l'eau noire se déversa sur le sol :

— Désolée. Tu épongeras à la serpillière.

*

Lorsque, vers neuf heures du soir, Dimitra finit d'éponger et de nettoyer les amas de cire, sa robe était imbibée d'eau sale et de transpiration.

— Mon Dieu ! s'écria Clio lorsqu'elle la vit passer la porte de leur cellule.

Sans dire un mot, Dimitra s'étendit sur sa couche et éclata en sanglots.

Bureau de l'higoumène, vendredi 15, 07 h 00

— Nous sommes contentes de te voir, dit Andonìa.

Elle et Ioanna se tenaient selon leur dispositif habituel, Andonìa assise derrière son bureau, les traits sévères, et Ioanna debout à sa droite, l'air martial. Clio était sur ses gardes, les yeux dans ceux de l'higoumène.

— Es-tu heureuse chez nous ? demanda Andonìa.

— Très, répondit Clio, la voix assurée.

— Alors, pourquoi ne pas nous le montrer ?

— J'essaie de toutes mes forces d'être fidèle à mes engagements. De me rapprocher du Christ à chaque instant du jour et de la nuit.

Pourquoi, alors, refusait-elle de voir son sang jaillir sur le Christ, de la même manière que celui du Christ continuait de jaillir sur l'humanité entière ? Était-ce sous l'influence de Dimitra ? La pauvre fille, il est vrai, souffrait d'une tare qui la marquait pour toujours… bien que cela ne l'empêchât en rien de montrer au Seigneur qu'elle s'approchait de Lui autant qu'elle le pouvait… Au contraire ! Elle aurait pu penser, si elle en avait eu l'humilité, vertu suprême de tout chrétien, que sa tare était une offrande du ciel. Une manière de porter, elle aussi, un peu du poids de la Croix, si infime soit-il. Mais là n'était pas le problème. Ce qui préoccupait l'higoumène était le chemin qui restait à parcourir à Clio pour qu'elle appartienne pleinement au Seigneur, par les pensées et par les actes :

— Est-ce que tu comprends que je suis là pour t'aider à t'accomplir en Jésus-Christ ?

— Je le comprends et vous en remercie profondément.

— Alors va, conclut Andonìa, et fais ton devoir.

*

Le soir, au retour des complies, Clio n'eut pas à convaincre Dimitra. Elle la trouva étendue, les bras posés sur le drap, le dessus des mains blessé.

— J'ai bien compris pourquoi elles t'avaient convoquée, souffla Dimitra. J'ai fait ce qu'il fallait. Ça t'évitera la peine d'avoir à me convaincre.

Dimanche 17,
dans le bureau de l'higoumène, 06 h 30

Yeux baissés et mine contrite, Dimitra se tenait debout devant Andonìa, les mains posées sur sa robe, leur dos marqué de brûlures.

La digue a cédé, se dit l'higoumène. Bientôt ce sera le tour de Clio, et Saint-Spyridon deviendra un exemple pour la Grèce entière. Le seul monastère où chaque moniale, chaque novice, et même chaque apprentie partageait son sang avec celui de Christ. Cela n'existait nulle part dans le pays. Sans doute nulle part au monde ! Aucun monastère orthodoxe n'avait jamais atteint un tel degré de proximité avec le Seigneur. Et cela, grâce à elle.

Les années l'avaient transformée. La vanité de dominer s'était substituée à une foi simple et belle. C'était elle, Andonìa, et elle seule, qui permettait à chacune de ses pensionnaires de s'approcher du Seigneur. Elle qui était désormais Son irremplaçable lieutenant. Nul doute qu'Il lui en serait reconnaissant, au jour du Jugement dernier. Et rien ne pouvait égaler la joie qu'elle éprouvait à maîtriser à la fois son quotidien, la vie de ses moniales et son lien au Christ.

Elle fit glisser vers elle le tiroir de son bureau et en retira un clou long d'environ huit centimètres :

— Je l'ai béni pour toi, Dimitra. Tâche d'en faire bon usage.

DEUXIÈME PARTIE

Trois ans plus tard (1953)

Paris, rue de Mézières, au studio Lang,
lundi 31 août, vers 17 h 00

Du dos de l'index, Odile effleura l'agrandissement. Le papier était sec. Elle le détacha du fil de séchage, examina le portrait et sourit. Au moment de la prise, elle s'était risquée à demander au client :

— Vous ne voulez pas vous détendre un peu ?

L'homme semblait agacé.

Elle observa en détail la photo qu'elle venait d'agrandir. La soixantaine, des traits réguliers, un peu de calvitie… Rien de méchant. Pourtant, il en émanait une impression désagréable. D'arrogance. Quelle en était la cause ? La fine moustache, sans doute, portée très bas sur la lèvre. Fendue en son point médian, elle était le résultat d'un rasage délicat. Comme pour annoncer : un homme qui taille sa moustache avec un tel soin n'est pas n'importe qui.

À la question que lui avait posée Odile sur le propos de la photo, l'homme avait répondu d'un ton qui n'appelait pas de suite : « Pour moi. » Elle avait imaginé son intérieur. Ordonné à l'extrême. Il devait avoir au bureau un comportement d'une prévisibilité absolue : abondance de respect s'il s'adressait à son supérieur, de la dureté s'il s'agissait d'un subordonné. Comment allait-il réagir quand elle lui présenterait la photo ? Il serait rassuré, elle en était certaine.

Sa tâche consistait en cela. Convaincre ceux qu'elle photographiait qu'ils pouvaient poursuivre leur chemin en confiance.

Avant l'homme à la moustache fendue, c'était une mère de famille et ses deux enfants, huit et dix ans, tous endimanchés. « Je n'ai pas une seule bonne photo avec eux. » Odile lui proposa un format treize dix-huit, horizontal, tous trois assis sur un banc, la femme entourant ses deux enfants de ses bras. Elle voyait déjà la photo au-dessus de la cheminée du salon, dans un cadre en argent. Avant la femme endimanchée, c'était une danseuse de cabaret, trente-cinq ans, le visage marqué. Elle avait besoin d'une photo en tenue de scène. L'avant-veille, un écrivain depuis longtemps ignoré par la critique avait souhaité quatre agrandissements identiques. Odile l'avait observé depuis sa fenêtre après qu'il eut quitté le studio. Il s'était arrêté au milieu du trottoir, avait sorti les agrandissements de leur pochette et les avait examinés avec attention, l'un après l'autre, comme si chacun était différent. Qu'allait-il faire de ces quatre photos ? Les envoyer à quatre anciennes maîtresses, accompagnées d'un mot gentil, sans doute. « Toujours en pensée avec toi. »

Elle jeta un dernier coup d'œil à l'agrandissement de l'homme à la petite moustache. Son regard n'est pas strict, se dit-elle. Il cache la peur d'un homme qui se croit sans doute doté d'une autorité naturelle.

Elle était logée à la même enseigne. Elle se rassurait en les rassurant.

Elle quitta le studio, traversa la rue Bonaparte et se dirigea vers l'église Saint-Sulpice. « La plus extraordinaire photo qui soit », disait André de *La Lutte de Jacob avec l'Ange*. Delacroix avait peint la scène au moment où l'Ange déboîte la hanche de Jacob d'un geste tendre, alors que celui-ci cherche à le terrasser. Saisi à cet instant, le regard de l'Ange est à la fois lucide et rempli de compassion, pensant déjà à la blessure qu'il va infliger.

À la chapelle des Saints-Anges, elle prit place sur le premier des deux petits bancs de bois qui faisaient face au tableau et entreprit d'en faire le tour. Elle en connaissait chaque détail : le dos musclé de Jacob, son bras droit puissant, la jambe droite sur laquelle il s'appuyait de tout son poids, tête baissée, sa colère… Face à lui, l'Ange l'accueillait plus qu'il ne le combattait. La victoire de l'amour, disait André.

André ceci, André cela…

Elle quitta l'église et prit par Servandoni, puis par Guynemer, la seule rue de Paris plantée d'osmanthes. L'arbre préféré d'André. À l'orée de l'automne, ses senteurs rappelaient celles du jasmin. Osmanthe… « De *osmí*, la senteur, en grec ancien… » Sans doute était-ce pour cela, surtout, qu'il aimait tant la rue Guynemer.

André, André, André… Ses goûts, ses interrogations, ses projets inachevés… Et cette règle qu'il s'était fixé, de ne pas photographier les stigmates du Parthénon…

Elle avait longtemps ressenti du bonheur à respecter les vides qu'il avait laissés. Ils embellissaient sa mémoire. Comme photographier les blessures du Parthénon, visibles un siècle et demi après qu'il les avait subies.

Cela aurait été un péché de voyeur.

Pourquoi avait-elle changé d'avis, en cette fin d'été ? Sans doute pour s'approcher de lui. À quelques jours de son retour à Paris, elle avait décidé de s'arrêter à Athènes et de monter au Parthénon.

Alors qu'elle photographiait les traces de l'arrachage, elle entendait la voix d'André : « Regarde, ici, ce biseau, là, cet éclat, là encore, cette entaille… Recule de quatre pas et fais un plan large… Oui… Rapproche-toi. Tu vois cette ombre sur l'arête ? » Sous le regard d'André, elle avait saisi la Grèce volée et violée, sa beauté radicale, son drame…

Elle avait proposé à Pénélope de se joindre à elle, bien sûr. Pénélope, qu'elle tentait d'intéresser à la photographie… L'été de l'année précédente, elle lui avait offert un Rolleiflex, puis, pour son anniversaire, l'Alpa d'André, un appareil fabriqué dans le Jura suisse par un fou de petite mécanique. Un vrai bijou.

Pénélope avait hésité à l'accompagner. Odile aurait pu la convaincre, elle le savait. Mais elle n'avait pas insisté. À traîner derrière elle une Pénélope boudeuse, son plaisir n'aurait pas été le même. Elle voulait être seule avec André.

Sur la route qui mène au village,
31 août, vers 17 h 00

La faim n'avait pas disparu. Mais le sentiment qu'elle provoquait s'était inversé. D'insupportable, il était devenu rassurant. Clio accueillait la sensation de l'estomac qui se contracte avec bonheur. Il la confortait dans l'idée qu'elle était sur le bon chemin. Elle avait maigri mais se sentait robuste, et lorsqu'une faiblesse la faisait vaciller, elle l'accueillait avec reconnaissance. Sa vie d'ascèse lui convenait. Les chants l'apaisaient. Durant ses heures de travaux pénibles, elle avait pris l'habitude de psalmodier sa prière du Cœur des centaines de fois :

« Seigneur Jésus-Christ, fils de Dieu, aie pitié de la pécheresse qui s'adresse à toi. »

Trois ans après être entrée en religion, elle avait trouvé sa place. L'higoumène l'aimait bien. Quelques jours plus tôt, après les complies, elle et Dimitra étaient sorties respirer les senteurs des belles-de-nuit situées en contrebas du monastère. Ioanna les avait aperçues au moment où elles retournaient de leur escapade et les avait dénoncées. L'higoumène s'était montrée bienveillante : « Ne recommencez pas », avait-elle dit d'un ton qui n'avait pas la sévérité attendue.

Elle avait d'abord pensé qu'il lui suffirait de limiter ses mutilations à quelques traces de brûlures au dos des mains et à un simulacre de cloutage des chevilles, quitte, pour donner le change, à simuler une forte claudication. Mais au fil des semaines et des mois, elle avait pris goût à appuyer le geste. Le sentiment coupable d'être sans cesse dans la feinte, l'étonnant apaisement que lui apportaient les souffrances qu'elle-même s'infligeait, avaient eu raison de sa retenue. Elle faisait désormais « partie des autres » et se mutilait sans retenue.

Le soir, pourtant, elle et Dimitra ne bavardaient plus aussi librement que dans le passé. Chacune avait honte de sa capitulation.

Ce jour-là, l'higoumène avait chargé Clio de faire une course au village, la marque d'une grande confiance. « Que ton comportement soit aussi retenu qu'au monastère », avait dit Andonìa.

Elle choisit de passer par le haut de l'île, une route moins belle que la corniche, surtout aux abords du village, là où se trouvaient les maisons les plus pauvres, pour la plupart un cube de maçonnerie avec, devant, quelques mètres carrés de terre battue. Mais voilà... Prendre par le front de mer, c'était passer devant la maison d'Odile et risquer de la croiser. Elle ne l'avait pas vue depuis trois ans et la perspective de se montrer à elle amaigrie, claudiquant et les mains couvertes de brûlures lui était insupportable.

Au fil de son ascension, elle croisa un troupeau de moutons qui se dirigeait vers la mer. Plus loin, des poules picoraient devant une maison. À quelques pas, trois chèvres sautillaient dans un enclos. Elles incarnaient la joie de vivre.

Elle s'arrêta, défaite, le regard sur les animaux.

14, rue du Val-de-Grâce, Paris,
mardi 1er septembre, 08 h 00

— Je vous dérange, madame Lang, pardonnez-moi.

C'était Josiane Piron, la concierge de l'immeuble.

— Qu'avez-vous à faire cette tête ?

— Le facteur vient d'apporter ça.

À la manière dont elle tendit le pli à Odile, on comprenait que, pour elle, un télégramme ne pouvait qu'annoncer des ennuis.

Les yeux sur la concierge, Odile décacheta la petite enveloppe d'une main hésitante. C'était bien la première fois qu'elle recevait un télégramme.

Il était rédigé en grec, transcrit en lettres latines :

ZITO SIGNÓMI GIA ENOHLISSI – STOP –
PINELÓPI AFANDI EDÓ KÉ DIO MÉRES – STOP –
KIRIAKIZZA VRÍKE KREVÁTI APIRAHTO – STOP –
PETROS ÉPISSIS AGNOÏ – STOP –
STIN DIÁTHESSÍ SOU – STOP –
PERIMENO TILEFONO 232 KODIKOS 29
– STOP – LAKIS

PARDON POUR LE DÉRANGEMENT – STOP –
PÉNÉLOPE A DISPARU DEPUIS DEUX JOURS – STOP
KIRIAKIZZA A TROUVÉ SON LIT NON DÉFAIT – STOP –
PETROS NON PLUS NE SAIT PAS OÙ ELLE EST – STOP –
À VOTRE DISPOSITION – STOP –
TEL. 32 – PRÉFIXE DE LÎLE 29 – STOP – LAKIS

— Un souci ? demanda la concierge.

Les yeux sur le télégramme, Odile fut incapable de répondre. Petros était le meilleur ami de Pénélope. Avec Lakis, le jeune policier de l'île, ils l'avaient prise sous leur aile. Si eux ne l'avaient pas vue, c'est qu'il lui était arrivé malheur.

— Que vous êtes pâle.

Odile tendit le télégramme, se rendit compte de l'absurdité de son geste et ferma les yeux.

— On ne sait pas où elle est.

— Comment ça, on ne sait pas ? Qui ?

Odile traduisit, ajouta :

— Kiriakizza, c'est la femme de ménage.

— Au diable l'avarice. On leur téléphone et vous verrez que vous aurez une belle surprise. Venez dans ma loge.

La concierge appela l'international et attendit, les yeux sur ceux d'Odile.

Au bout de cinq minutes, la sonnerie s'interrompit. Josiane Piron rappela et la ligne se coupa à nouveau.

— Peine perdue.

Elle suggéra d'aller au bureau de poste des Feuillantines :

— Je vous accompagne, allez !

Au moins, elles auraient face à elles une opératrice qui pourrait contacter l'international et informer la préposée qu'il s'agissait d'une urgence :

— Sinon, il y a le poste de police, à deux pas. J'imagine qu'ils ont la priorité sur les appels internationaux.

Odile la regarda, apeurée.

— Je suis sotte. Votre fille se porte comme un charme. Elle doit être avec un beau Grec. Vous verrez que tout ira bien, allez !

Elles prirent par la rue Saint-Jacques.

Odile s'accrocha au bras de la concierge et se laissa guider. Il était arrivé malheur à sa fille.

Elle s'était montrée égoïste. Au Parthénon, elle voulait être seule avec André. Il était mort, mais sa vie continuait de tourner autour de lui. Si elle avait proposé à sa fille de faire du lèche-vitrines dans les rues chic d'Athènes, à Kolonáki ou à Ermoú, Pénélope l'aurait accompagnée. Elle aurait dû insister.

— Vous verrez qu'il s'agit d'une escapade amoureuse, reprit Josiane Piron. C'est normal, à cet âge.

Toujours au bras de la concierge, Odile reprit espoir. Pénélope avait le droit de vivre sa vie. Qu'aurait-elle pu faire ? Aller au poste de police et dire à Lakis : « Je vais découcher durant deux jours, j'aimerais bien que tu appelles ma mère, si jamais elle se faisait du souci » ?

Un instant plus tard, l'angoisse revint. Lakis était un garçon solide. Toujours réfléchi. Elle le connaissait depuis des années. Il n'avait pas été nommé policier de l'île pour rien. S'il n'avait pas de sérieux motifs d'inquiétude, il n'aurait pas envoyé un tel message. Il avait certainement interrogé son père. Yorgos savait tout ce qui se passait sur l'île. « Là où chaque poule pond son œuf », avait-il coutume de dire.

Au bureau de poste de la rue d'Ulm, la concierge s'approcha de l'opératrice et lui exposa la situation.

— Une urgence, je veux bien. Mais la Grèce, c'est compliqué. J'ai essayé une fois, sans succès. Enfin, je dirai que c'est prioritaire, on verra bien.

Elle appela sa collègue, plaida et raccrocha.

— Elle fait au mieux. Si j'étais vous, j'irais m'asseoir.

Odile attendit comme on le fait à l'hôpital, lorsque l'on pressent que les nouvelles seront mauvaises ; alors on pense aux jours dont on n'a pas su profiter et l'on comprend que l'on a fait preuve d'une infinie bêtise. Elle revit André devant la maison de Saint-Spyridon lors de leur première visite, en fin de matinée, sous un soleil vertical. Il éclatait de joie, comme s'il n'y croyait pas. Pénélope s'était montrée bougonne, bien sûr : « Qu'est-ce qu'on fait devant ce cabanon sinistre ? » Ils avaient éclaté de rire.

— La Grèce, cabine une.

Elles sursautèrent.

— Allez-y, fit la concierge, vous verrez que tout ira bien.

Le téléphone sonnait. Odile le décrocha.

— C'est à vous, fit la préposée. Parlez.

— Lakis ?

— Oui, Odile, c'est moi.

À sa voix, elle se figea, n'osa rien demander.

— *Típota*, dit Lakis après quelques secondes. Rien.

Dans le bureau de l'higoumène,
1er septembre, 12 h 00

— Et cela s'est passé ? demanda l'higoumène.

Lakis ne lui laissa pas le temps de terminer sa phrase :

— Dans la nuit du 28 au 29 août.

Il secoua la tête :

— Pardonnez-moi. Cela fait deux nuits que je ne dors pas.

Les moniales étaient les plus proches voisines de la Française. Avaient-elles observé quelque chose d'inhabituel ?

— Nous ne sortons presque pas, dit Andonìa… J'ai croisé la jeune fille deux ou trois fois au village, de loin.

— Vous n'avez pas idée de ce qui a pu lui arriver ? demanda Ioanna. Pénélope avait passé une partie de la soirée devant sa maison, en compagnie de Petros, un ami de toujours. Vers minuit, il était rentré chez lui, et à partir de ce moment, plus personne ne l'avait vue. Dès que la femme de ménage avait signalé sa disparition, Lakis avait été trouver le garçon. À l'annonce, le pauvre s'était effondré.

Andonìa demanda s'ils avaient bu.

— Deux bouteilles de résiné, répondit Lakis. Rien d'exceptionnel.

Il venait de relâcher Vassilis, l'ancien boucher, un mal luné plutôt brave homme. Veuf depuis longtemps, il passait des heures seul sur son caïque. Petros l'avait aperçu au large de la maison d'Odile le soir de la disparition. Il avait l'habitude d'aller pêcher à environ deux cents mètres du rivage, là où un trou marin attirait des dorades qui faisaient dans les cinq-six kilos.

La veille, à la fin de la journée, après avoir terminé l'interrogatoire de Petros, Lakis était allé chercher Vassilis à son domicile et l'avait amené au poste. « Simple témoin, rassure-toi. » Vassilis s'était montré égal à lui-même. Taiseux et revêche. Il pêchait au large de la maison d'Odile et avait entendu rire. « Qu'est-ce que tu veux que je fasse d'une jeune fille de dix-huit ans ? J'en ai cinquante de plus qu'elle ! »

— Tu l'as gardé longtemps ? demanda l'higoumène.

— La nuit entière. J'essaie de faire mon travail au mieux.

Ioanna intervint.

— Avait-elle un autre ami chez qui elle serait allée dormir ? Passer un jour ou deux ? Avec qui partir à Kos ?

Lakis haussa les épaules :

— Avec quel bateau ?

— Elle aurait pu aller se baigner et se noyer, risqua Andonìa.

De l'avis de Lakis, c'était une possibilité parmi les plus sérieuses, avec celle d'une malveillance. Il avait également demandé à la capitainerie de Kos d'envoyer un plongeur. Ils utiliseraient le caïque de Petros pour les recherches :

— Hier, nous avons fait un tour de l'île en longeant la côte. Nous n'avons pas plongé, aucun de nous ne sait nager. Petros un peu, c'est vrai, mais pas assez pour plonger. Après avoir arpenté les alentours de la maison sur environ un kilomètre vers l'est, nous sommes montés en direction du village jusqu'aux collines, bien au-dessus du monastère, là encore sur près d'un kilomètre, des fois qu'elle se serait lancée dans une promenade nocturne. Quatre heures de grimpe, en plein soleil… Pour être franc, cette possibilité me semble peu réaliste. Je pencherais plutôt pour un bain de minuit après le départ de Petros.

Il y eut un silence.

— Chez vous, personne ne sort la nuit ?

— Jamais, répondit Andonìa. C'est interdit.

Ioanna eut un mouvement de protestation à peine perceptible.

Sa réaction n'échappa pas à Lakis :

— Autre chose ?

Ioanna regarda Andonìa, très gênée :

— Le soir de la disparition, deux pensionnaires étaient sorties…

— J'avais oublié, dit Andonìa. Sœur Ioanna fait bien de le rappeler. Du reste…

Elle laissa passer un silence :

— Sœur Clio, que Ioanna a aperçue dehors, l'autre soir, a travaillé quelques étés chez la Française. Cela doit remonter à deux ou trois ans. Elle a bien connu Pénélope.

*

Lakis retrouva Clio dans le bureau de l'higoumène. Il avait dû argumenter pour qu'elle les laissât seuls. Déjà qu'il était l'unique policier de l'île, il tenait à faire son travail au plus près du règlement :

— Si vous refusez, je serai obligé de la convoquer au poste.

L'higoumène n'avait pas insisté.

— Les circonstances auraient pu être meilleures pour se revoir, dit Lakis. Pénélope a disparu.

Clio le regarda, les yeux écarquillés :

— Comment ça, disparu ? Elle est morte ?

— On ne la trouve plus sur l'île. Pour l'instant, on en est là. Tu la connaissais… Tu la voyais régulièrement ?

— Comment aurais-je pu ? répondit Clio.

Elle n'avait le droit de sortir que sur ordre de l'higoumène, ce qui lui était arrivé deux fois depuis qu'elle avait pris le voile.

— Parle-moi d'elle. Elle était sympathique, me dit Petros. Vous vous entendiez bien ?

Clio secoua la tête. Lorsque toutes les deux se trouvaient en présence de sa mère, elle avait toujours l'impression que Pénélope lui en voulait :

— Elle sentait que sa mère m'aimait beaucoup.

— Tu l'as revue ?

— Pas depuis que j'ai cessé de travailler chez madame Odile, cela fait trois ans.

— On t'a vue sortir la nuit, il y a quelques jours…

Oui, le 28, un vendredi, Clio s'en souvenait car c'était le jour de lessive. Vers dix heures du soir, elle et sa compagne de cellule avaient leurs habits encore trempés. Elles étaient sorties respirer durant quelques minutes. En contrebas du monastère se trouvait un buisson de belles-de-nuit, des fleurs qui n'offraient leurs senteurs qu'au crépuscule.

Lakis hocha la tête et se leva, accablé.

— Et sa mère, la pauvre ? demanda Clio.

— Elle retourne sur l'île.

Dans les cuisines du monastère de Saint-Spyridon,
1er septembre vers 13 h 00

Assise devant un tas de fèves, Clio était figée. On ne disparaît pas d'un instant à l'autre à Saint-Spyridon. Sauf s'il arrive malheur. Si l'on est assassiné. Ou si l'on se noie.

Pénélope était morte, pour sûr.

Reverrait-elle jamais Mme Odile ? La prochaine fois que l'higoumène la chargerait d'une course, elle tricherait et passerait par la route du bord de mer. Encore fallait-il que l'higoumène l'envoie au village à nouveau. C'était peu probable. Toutes les pensionnaires espéraient être de sortie.

Le voyage

Mardi 1er septembre, 13 h 00

Devant Grand Tour, l'agence de voyages du boulevard du Montparnasse, Odile et Josiane trouvèrent porte close.

— Je vous emmène prendre un casse-croûte, dit la concierge.

À quatorze heures, elles étaient de retour à l'agence. Le premier vol pour Athènes partait le surlendemain. Départ du Bourget à 10 h 00, escale à Rome, arrivée à Athènes à 21 h 00.

Odile ferma les yeux. Deux jours à attendre. Et une fois sur place, Dieu sait quand elle trouverait un bateau pour Kos.

De retour rue du Val-de-Grâce, Odile s'affala sur le canapé du salon. Où était sa fille ? Noyée ? Elle nageait comme les dauphins, par mouvements puissants. Surtout, elle connaissait la mer et ses dangers.

Elle eut un instant la certitude que toute cette histoire allait se dégonfler comme un ballon. Elles en riraient ensemble. Et même très vite !

Une autre hypothèse la saisit sans crier gare. Et si Pénélope avait tout simplement voulu la fuir, elle… ? Leurs relations étaient exécrables depuis toujours. Pires encore depuis la mort d'André. Sa fille s'était toujours sentie de trop. Entre sa mère et son père, il n'y avait pas de place pour une troisième personne… Elle-même s'était toujours montrée trop dure à l'égard de sa fille. Trois ans plus tôt, pour la première fois, elle l'avait giflée, devant Clio, en plus… Et si, à seize ans, Pénélope avait décidé de régler ses comptes ?

Elle allait réapparaître, évidemment. Maintenant qu'elle lui avait fait peur, elle s'estimerait vengée. « Tu as reçu le message, j'espère… »

Elle aurait dû laisser à Lakis le numéro de téléphone de la concierge, pour qu'il l'appelle dès qu'il verrait Pénélope. Mais non… Appeler Paris depuis Saint-Spyridon, cela devait être encore plus hasardeux que l'inverse. Même un télégramme annonçant qu'il l'avait retrouvée mettrait un temps fou à lui parvenir. Le lendemain matin à la première heure, elle rappellerait Lakis.

Elle eut à nouveau la certitude qu'il lui annoncerait une bonne nouvelle. « Ça alors ! je viens de t'envoyer un télégramme. Elle est chez toi, ta petite chérie. Peut-être qu'elle voulait juste te faire comprendre qu'elle n'était plus une petite fille… »

Mercredi 2 septembre,
à la poste des Feuillantines

C'était la même opératrice :
— Vous n'avez toujours pas de nouvelles ?
Les lignes avec la Grèce étaient coupées.

Jeudi 3 septembre,
dans l'avion pour Athènes

Elle serait au Pirée vers onze heures minuit. Impossible de joindre Lakis avant le lendemain.

Un taxi la conduisit à l'hôtel Mikro Lido :
— Je vous le recommande, lui avait dit le chauffeur. Il est situé face au départ des bateaux pour les îles.

La billetterie ouvrait à six heures, elle n'aurait qu'à traverser.

Vendredi 4 septembre,
au Pirée, à 06 h 05

La préposée la reçut, l'air navré.
— Rien jusqu'à dimanche, ma fille. Départ du *Kadiò* à sept heures. Et pour Kos, autant ne pas être pressée. Il s'arrête à Syros, Naxos et Amorgos avant d'arriver chez toi. Compte deux jours.

Une demi-heure plus tard, elle était rue Filonos, au bureau de poste principal du Pirée.

— *Then ého grammí, copélamou.* Je n'ai pas de ligne, ma fille. Depuis trois jours, c'est une catastrophe. À ta place, j'essaierais demain.

Elle revint vers midi et attendit. À seize heures, l'opératrice l'interpella :

— Tu as de la chance.

Lakis n'en savait pas plus. Depuis deux jours, avec Petros, ils interrogeaient autant de personnes qu'ils pouvaient.

— J'arrive mardi.

— J'espère que d'ici là...

Samedi 5 septembre,
hôtel Mikro Lido, 08 h 00

Elle irait à la poste vers midi. Plus elle tarderait, plus grandes seraient les chances que Pénélope réapparaisse. Tout enamourée, sans doute... Elle se demanda ce qu'André aurait pensé de tout cela.

André ceci, André cela... André l'irremplaçable. André qui admire *La Lutte de Jacob avec l'Ange*. André qui aime le parfum des osmanthes. André qui pense que les stigmates du Parthénon ne doivent pas être photographiés... Quatre ans qu'il était mort et elle ne cessait d'être dépendante de lui.

Elle avait repéré des trous, des plaques de marbre éclatées, des arêtes tranchantes comme des silex qui permettaient d'imaginer la sauvagerie de l'arrachage. Un viol. Et un temple amputé à jamais. Tout cela était vrai.

Et après ? Pour quelques photos faites en mémoire d'André et qui n'allaient pas changer le monde, elle avait laissé sa fille seule sur l'île. Elle s'était montrée d'un impardonnable égoïsme.

Elle passa l'après-midi à la poste de la rue Filonos, c'était sa dernière chance d'appeler Lakis avant d'arriver à Saint-Spyridon trois jours plus tard. Ce fut sans succès.

Dimanche 6 septembre,
dans le Kadiò, *en mer, vers 22 h 00*

C'était Pénélope qui avait besoin d'elle. Pas son mari décédé ! Elle devait se reprendre.

Lundi 7 septembre,
à Syros, dans le Kadiò *à quai, 10 h 00*

Vent force sept Beaufort et, la nuit durant, les passagers qui avaient fait des allers-retours aux toilettes pour vomir ce qui leur restait d'estomac.

Où te trouves-tu, Pénélope, pour l'amour du ciel ?

À dix heures du matin, le capitaine annonça que le bateau resterait à quai au moins jusqu'à quatorze heures.

Elle se mit à la recherche d'un endroit d'où téléphoner. Devant l'embarcadère, un kiosque offrait ce service. Lorsqu'elle demanda au préposé une ligne pour Saint-Spyridon, celui-ci se mit à rire :

— On n'arrive pas même à se téléphoner sur l'île !

Mercredi 9 septembre,
sur le quai, à Kos, 09 h 00

Lakis avait sûrement retrouvé Pénélope. « Tu sais que ta mère était folle d'inquiétude ? Elle arrive, figure-toi ! » Elle l'apercevrait à la jetée.

Elle fit quelques pas dans le village. En passant devant un salon de coiffure, elle s'observa dans la glace accolée au mur d'entrée et ne se reconnut pas.

Dans le bureau de Lakis,
au poste de police de Saint-Spyridon,
9 septembre à 09 h 00

Au bruit de la porte qui s'ouvrait, Lakis leva les yeux. Mal rasé, le regard flou, l'homme qui se tenait devant lui semblait avoir vieilli de dix ans en huit jours.

— Sors-moi de cet enfer, pour l'amour du ciel ! lança Vassilis, le ton suppliant.

Pourquoi l'avait-il amené au poste comme un criminel ? Et devant tout le village ! Et pourquoi l'avoir gardé jusqu'au matin ? Il était devenu le pestiféré de Saint-Spyridon. « On tourne la tête à mon passage ! »

— Je fais mon travail, protesta Lakis. Je te connais comme un très brave homme. Que veux-tu, selon les circonstances, chacun d'entre nous est à même de perdre le contrôle de soi-même.

Vassilis balaya le propos d'un geste. Des bavardages ! Ce qu'il voulait, c'était que Lakis aille chez Stamboulidis et dise haut et fort à qui se trouvait au café à cet instant : « Vassilis n'a rien à voir dans cette affaire. J'ai fait des vérifications, tout s'explique. »

Lakis tenta de lui faire comprendre sa propre situation. D'après les renseignements qu'il venait d'obtenir par téléphone auprès de Kiriakizza, la femme de ménage, Vassilis pêchait souvent au large de la maison d'Odile. Surtout lorsque celle-ci ou sa fille étaient en maillot de bain. Elle avait même remarqué que, dans de tels cas, il approchait sa barque plus près que d'habitude et observait le rivage avec insistance. Comment ne pas l'interroger, dans ces circonstances ?

Vassilis haussa les épaules. Une ou deux fois, peut-être… Que voulait-il qu'il fasse, à son âge, à la vue de deux belles filles presque nues ? Qu'il détourne le regard ? Ce n'était pas un crime, quand même, de regarder une femme qui s'exhibe sur une plage. Et qu'avaient-elles à s'exposer, ces deux-là ? Est-ce qu'on s'offre ainsi aux regards ?

— Tu l'admets donc ? demanda Lakis.

L'autre le regarda durant quelques secondes, l'air mauvais, et quitta le poste de police.

9 septembre, vers 11 h 15,
sur le caïque, à l'approche de Saint-Spyridon

Elles avaient fait le trajet mille fois, toujours dans le bonheur de retrouver l'île, leur maison, la mer… Au début de l'été, à l'accostage, la navette avait essuyé des vents de six Beaufort. Elles s'étaient accrochées l'une à l'autre en riant, poussant des cris.

Cette fois-ci, pas un souffle de meltem. Était-ce bon signe ?

Debout sur le caïque, elle chercha à distinguer les gens massés sur le quai. Pénélope s'y trouvait, pour sûr. Elles tomberaient dans les bras l'une de l'autre et riraient, riraient… Du moins Pénélope. Elle-même fondrait en larmes. Après l'émotion et la fatigue, elle s'écroulerait de bonheur. Mon Dieu quel cauchemar ! Et quelle chance d'avoir vécu ces quelques jours dans l'angoisse immense. Oui, quelle chance ! Elle allait regarder Pénélope autrement. Être plus proche d'elle. Plus à son écoute. Plus compréhensive. Sans doute que Pénélope tirerait elle aussi un enseignement de la détresse qu'avait vécue sa mère. Cet épisode leur aurait fait un bien énorme. Il les aurait soudées.

Lorsque le caïque fut proche de la jetée, elle dut se rendre à l'évidence. Pénélope ne s'y trouvait pas. Elle aurait pu apprendre par Lakis que sa mère retournait sur l'île, mais ne sachant pas à quel moment elle accosterait, elle n'allait tout de même pas camper sur la jetée… Elle était certainement à la maison en train de prendre son petit-déjeuner, après une soirée passée à boire plus que de raison…

Elle fut la première à sauter sur le quai et tomba sur Yorgos, le père de Lakis. Il la regarda, l'air défait. Elle s'agrippa à son bras :

— Ils l'ont trouvée ?

Il secoua légèrement la tête, très vite.

Ils restèrent ainsi sans dire un mot durant quelques secondes, les yeux dans les yeux, la main d'Odile sur le bras du cafetier.

— Va voir mon fils, dit enfin Yorgos.

Pendant qu'elle se dirigeait vers le poste de police, elle croisa des visages familiers. Quelques-uns détournèrent la tête, d'autres la saluèrent avec gravité.

*

— Rien, dit Lakis dès qu'elle s'assit face à lui.

Il y eut un long silence.

— On a fait des battues. Un plongeur venu de Kos a cherché sur près d'un demi-kilomètre autour de chez toi, vers l'est, l'ouest, et au large. J'ai interrogé toute l'île.

Il lui demanda, pour Vassilis. Elle le voyait souvent, mais il lui semblait inoffensif. Un vieux perdu devant des corps de femmes :

— Tout cela ne fera pas revenir Pénélope.

Il la regarda, l'air désemparé. Il était sur la brèche depuis huit jours, à mener des battues sur l'île, interrompues au coucher du soleil, dans une chaleur épuisante, à chercher, interroger, à s'inquiéter du moindre indice :

— Je fais mon travail du mieux que je peux, crois-moi.

Il y eut à nouveau un silence.

— Tu es venue comme ça ? Tu n'as pas de bagages ?

— Chez ton père, au café.

Il se leva :

— J'ai la moto, je te raccompagne.

Ils avaient mis les scellés. Une obligation. C'était à lui qu'il incombait de les enlever.

Chez Odile,
9 septembre vers 14 h 00

À peine les scellés levés, Odile se tourna vers Lakis :

— Tu me laisses seule ?

Il ne comprit pas s'il s'agissait d'un reproche ou d'une requête.

Elle posa la main sur son épaule :

— Va. J'ai à faire.

Elle se rendit dans la chambre de Pénélope, s'étendit sur le lit et chercha l'odeur de sa fille. Elle lui revint, forte, entière, et avec elle les interrogations et les souvenirs.

Pénélope court au jardin du Luxembourg… Pénélope fête son anniversaire… Elle éclate de rire… frappe des mains… souffle les bougies… saute au cou de son père…

Reviens, mon enfant, pour l'amour du ciel ! Saute dans mes bras, comme lorsque tu étais petite et que tu me demandais de t'écraser… Tu criais : « Plus fort, plus fort ! »

Elle resta longtemps à humer les draps, l'oreiller, le maillot de corps roulé en boule et jeté au pied du lit. Sa fille était morte.

Elle se leva, s'approcha de la bibliothèque de Pénélope et caressa de ses doigts le dos de quelques livres de petite fille, d'autres d'adolescente, d'autres d'adulte. Elle se déplaça d'un pas, se retrouva devant une armoire à deux battants, les ouvrit et embrassa autant de vêtements qu'elle put, avant d'y enfouir son visage. Elle retrouva la trace âcre de sa fille, celle qu'elle lui reprochait, quand elle avait le courage de l'affronter.

Soudain, elle crut défaillir. La valise de Pénélope se trouvait au bas de l'armoire. Là où elle était toujours. Elle ferma les yeux. Sa fille ne serait pas partie sans emporter ses affaires.

Dans la pièce qui tenait lieu de cuisine et de salon, elle passa en revue, une à une, les photos punaisées sur le panneau. Elles étaient toutes là, celles d'André, d'autres prises par lui, d'autres par elle-même, d'autres prises par Pénélope, photos de vacances, quelques natures mortes faites au Rolleiflex, elles aussi par Pénélope, sur des films à 400 ASA.

Sur la table, des ustensiles de cuisine posés en vrac. Au sol, les pantoufles de Pénélope, l'une sur le flanc. Et les appareils photo ? Si sa fille avait disparu de son plein gré, elle aurait emporté ses deux appareils photographiques ! Elle se précipita dans sa chambre et les trouva sur son bureau. Le petit compteur d'images du Rolleiflex indiquait qu'une photo avait été prise. Elle rembobina le film, le sortit de l'appareil et se dirigea vers le cabanon où était installée la chambre noire.

*

Le négatif montrait Pénélope et Petros debout, dos à la mer, Petros entourant de son bras droit l'épaule de Pénélope.

Elle en fit un agrandissement au format vingt vingt-quatre et le punaisa sur la planche, bien centré, sans prendre la peine d'ôter les autres photos qui se retrouvèrent cachées. Pénélope et Petros souriaient, détendus. Qui avait pris la photo ? Quand ? Était-ce la dernière de sa fille vivante ?

Il lui fallait voir Petros. Ne savait-il rien qui puisse mettre Lakis sur une piste ? Voulait-il, par amitié, protéger un secret de Pénélope ?

Chez Odile,
9 septembre, vers 18 h 00

Ils étaient venus à trois, Lakis, Petros et Aristidis, le maire de l'île. Pendant qu'Odile préparait les cafés, l'esprit agité, interrogeant chacun (« Comment tu le prends ? Sucré ? Peu sucré ? Et toi ? Pas sucré ? Fort ? Très fort ? »...), Lakis s'immobilisa devant la photo montrant Petros et Pénélope. Sourcils froncés, il en examina chaque parcelle. Qui avait pris cette photo ? Quand ?

— Elle a été prise par Pénélope le 28, pendant notre dernière soirée, dit Petros. Elle avait fixé l'appareil sur un trépied.

— Elle a fait fonctionner le retardateur, intervint Odile pendant qu'elle servait les cafés.

— Toute l'île est avec toi, dit Aristidis. Lakis n'épargne aucun effort dans ses recherches.

Le plongeur de Kos allait revenir le lendemain explorer les criques qui se trouvaient plus loin à l'ouest de la baie où se trouvait la maison d'Odile, une enfilade de deux petites alcôves, Ágios Yannis et Ágia Paraskevi, Saint-Jean et Sainte-Vendredi. Petros l'y conduirait. Pénélope aurait pu nager jusque-là.

— À propos, poursuivit le maire, as-tu vérifié s'il manque un des maillots de bain de ta fille ?

Odile secoua la tête. Il ne manquait rien.

— Ils seront douze, demain, à poursuivre les battues sous les ordres de Lakis.

L'avis de recherche avait déclenché la curiosité de la presse athénienne. Il était possible que des journalistes viennent rôder autour de la maison :

— Ne les chasse pas. Des lecteurs pourraient fournir des renseignements utiles.

— Et Kiriakizza ? demanda Odile.

— Bouleversée, répondit Aristidis. Elle est à Kos, chez ses parents.

— Je l'ai interrogée avant de la laisser partir, intervint Lakis. Elle était perdue. J'ai ensuite eu une discussion avec elle par téléphone, à propos de Vassilis. Elle m'a confirmé qu'il venait souvent pêcher devant la maison.

— Et toi ? reprit Odile, s'adressant à Petros. Aucun détail nouveau ? Un mot de Pénélope ? Tu n'essaies pas de la protéger, si par hasard elle était partie quelques jours avec un homme marié ?

Le garçon secoua la tête en silence.

— Autre chose encore, demanda Odile. Je m'adresse à vous deux, Petros et Lakis. Vous connaissez bien ma fille. Répondez-moi sans craindre de me blesser. Est-ce que Pénélope a jamais exprimé devant vous du ressentiment à mon égard ? Une révolte, qui aurait pu la pousser à fuguer ?

Les deux garçons se regardèrent, gênés.

— C'est vrai que souvent, elle se sentait injustement malmenée, dit Lakis après un silence.

Il s'adressa à Petros :

— Qu'en dis-tu ?

— Elle pensait que vous étiez trop sévère…

Le maire se leva :

— C'est vrai aussi qu'à cet âge, on se permet de critiquer ses parents… Est-ce que l'on disparaît pour autant ? (S'adressant à Odile :) Lakis ou moi te tiendrons au courant. Si entre-temps je peux faire quelque chose…

Dans le bureau de l'higoumène,
vendredi 11 septembre, 8 h 00

Andonìa et Ioanna avaient pris position selon leur tactique d'intimidation habituelle, la première assise à son bureau, la seconde debout près d'elle, le regard sévère.

Clio les regardait par en dessous, sur ses gardes. Qu'est-ce que l'higoumène concoctait ?

— Lakis et le maire viennent de quitter mon bureau, dit Andonìa.

Ils lui avaient présenté une requête. La mère de Pénélope était de retour sur l'île. De sa fille, on ne savait toujours rien. Kiriakizza ayant quitté l'île, Odile avait demandé au maire s'il était possible que Clio retourne travailler chez elle quelques heures par jour. Elle se souvenait d'elle avec beaucoup d'affection et sa présence lui serait d'un grand soutien :

— Tu sais que notre règlement interdit une telle mission. Mais le maire a plaidé avec conviction. Il avait au préalable appelé le métropolite et obtenu son accord. Lakis s'y est mis : l'île a une dette à l'égard de cette femme et tout ce qui peut lui rendre la vie moins insupportable doit être entrepris. D'autant que les perspectives de retrouver sa fille vivante ne sont pas bonnes, à écouter Lakis.

La requête du maire l'avait placée devant un choix douloureux. Faire exception au règlement du monastère, c'était trahir son engagement envers le Seigneur. Mais répondre à l'appel d'une chrétienne durement frappée par le sort relevait du devoir de charité :

— Je vais accéder à cette requête sous plusieurs conditions, et, parmi elles, la plus importante : celle de m'assurer que tu te sens à même de porter secours à une femme qui se trouve dans le malheur sans te perdre dans la complaisance. Je ne te demande pas si tu l'acceptes. Je te demande si tu t'en estimes capable, en tant que servante du Christ. Si ta réponse est non, je la respecterai, car elle montrera que tu connais tes limites. À l'inverse, si tu es convaincue que ton lien au Seigneur est assez fort pour te protéger de telles défaillances, je t'ordonnerai de te rendre chez cette femme endolorie les après-midi de chaque jour que fait le Seigneur, jusqu'à nouvel ordre.

Clio aurait voulu sauter de joie. Retrouver madame Odile, la serrer dans ses bras, la consoler, quel bonheur !

Elle regarda Ioanna. C'était la première fois qu'elle n'intervenait pas, et cela lui parut inquiétant. L'higoumène lui tendait-elle un piège ?

Elle chercha son regard :

— Je m'en crois capable et je vous obéirai.

Il fallait que Clio prenne conscience de la manière dont sa mission devait être conduite, reprit Andonìa. Elle accomplirait ce travail en tant que moniale. Comme s'il se déroulait dans le cadre du monastère.

— Si tu t'engages à respecter ces conditions de façon stricte, tu te rendras chez madame Odile dès cet après-midi et seras de retour chaque jour pour le repas du soir et les complies. Va, maintenant.

11 septembre, 10 h 00,
chez Odile

— Mon Dieu, c'est toi ?

Devant Odile se tenait Clio, perdue dans une robe noire trop large.

Elles s'étreignirent, Odile s'éloigna d'un pas et les deux femmes restèrent face à face, chacune effarée de constater combien l'autre avait changé. Quel âge a-t-elle, s'interrogeait Odile. L'âge de Pénélope, bien sûr. Seize ans. On lui en aurait donné dix de plus. Amaigrie, le regard éteint… La grâce incarnée s'était transformée en une jeune femme aux abois.

Odile lui caressa la joue :

— Nous ne sommes pas bien vaillantes, toi et moi. Mais peu importe, je suis heureuse de te voir. Viens.

Elle la fit asseoir :

— Je n'osais pas espérer qu'ils t'autorisent à venir… C'est pour un jour ou pour toujours ? Enfin, toujours… Je m'entends… Un cauchemar ne dure jamais toujours. On finit par se réveiller.

Elle s'arrêta :

— Je ne dors plus. Ce n'est donc pas un cauchemar.

Clio resta les yeux baissés, les mains jointes sous la table.

— Donne-moi ta main… Tu ne veux pas me donner ta main ?

La jeune fille ôta sa main droite de sous la table et la fit glisser en direction d'Odile, la paume sur le bois. À l'instant où celle-ci tendit la main gauche pour la poser sur celle de Clio, elle eut un mouvement de recul. Le dos de la main portait des brûlures à différents stades de cicatrisation.

Odile secoua la tête, désemparée, et tendit la main droite, façon de dire : montre-moi l'autre.

Clio s'exécuta. Sa main gauche était encore plus marquée.

— Qu'est-ce que c'est que cette histoire ?

Clio raconta la vie au monastère, l'obligation faite aux moniales de se retrouver « au plus près du Christ », l'injonction de partager Ses souffrances, de mêler son sang au Sien…

Odile secoua la tête d'incompréhension. Clio était vivante. Son corps était ce qu'elle avait de plus précieux. Elle vivait grâce à lui. Et c'est comme ça qu'elle le traitait ? Était-ce cela, être une bonne chrétienne ? S'était-elle vue dans un miroir ?

Les yeux toujours baissés, Clio secoua lentement la tête. Au monastère, il n'y avait pas de miroir.

— Réduire ton corps au silence, c'est étouffer tes pensées les plus humaines ! s'exclama Odile. C'est faire taire ton âme !

Elle quitta son banc, contourna la table et, prenant Clio par la main, la força à se lever et la conduisit devant le miroir de la salle de bains.

11 septembre, 21 h 00,
dans la cellule de Clio et Dimitra

Dimitra voulait tout savoir. Comment Clio avait-elle trouvé la Française ? Comment celle-ci l'avait-elle accueillie ? Que lui avait-elle dit pour la consoler ?

Clio s'étendit sur son matelas sans dire un mot.

— Alors, chuchota Dimitra, tu me racontes ?

Elle s'accroupit au pied de son lit, toute à l'écoute. Clio continua de rester muette.

Dimitra attendit une longue minute, puis s'étendit, la tête près du matelas de Clio.

Une heure passa ainsi.

— Elle a vu mes mains, dit enfin Clio.

Elle raconta l'émotion d'Odile lorsqu'elle avait appris qu'elle se mutilait.

— Et ?

— Elle estime que nous sommes des sottes.

— Que comptes-tu faire ?

Dimitra attendit une réponse durant quelques instants, puis s'étendit sur son lit pour la nuit.

Clio resta longtemps les yeux ouverts. Les cicatrices de ses mains en avaient encore pour quelques semaines avant de disparaître. Il s'agissait de blessures superficielles… Elle pourrait poursuivre l'exercice… Un dessus de main brûlé de temps à autre, cela ne porterait pas à conséquence. Et lui permettrait de sauver les apparences… Les blessures aux pieds, c'était autre chose. Elles étaient douloureuses au moment où elle se les infligeait et chaque fois qu'elle posait le pied. Mais elles n'étaient visibles de personne…

Odile avait raison… Se blesser pour plaire au Christ, c'était d'une bêtise sans nom. C'était n'avoir rien compris à Son sacrifice sur la Croix.

Lundi 14 septembre, vers 11 h 00,
au café Stamboulidis

— Je te tiens compagnie quelques minutes, si tu veux bien…

Sans attendre de réponse, Yorgos prit place à la table de Vassilis et posa devant lui une soucoupe d'écorces d'oranges amères accompagnée d'un verre d'eau :

— Je regrette ce qui se passe.

Il observa le vieil homme. On aurait dit qu'il tenait à jouer le rôle du coupable. Qu'au lieu de chercher à dissiper le brouillard de méfiance qui l'entourait, il faisait tout pour l'épaissir.

— Lakis n'est pas un mauvais garçon, fit Yorgos.

Vassilis resta silencieux.

— Je sais ce que tu lui as demandé. *Ti ná sou pó* ? Que veux-tu que je te dise ? Tant que la fille n'a pas été retrouvée, il ne peut pas te donner satisfaction.

Vassilis se leva, cracha sur l'assiette de confiture et quitta la terrasse.

Lundi 21 septembre, vers 12 h 00,
à la maison d'Odile

Elles étaient assises côte à côte, face à la planche de bois qui portait la photo de Pénélope et Petros.

— Que penses-tu de Petros ?

Clio le connaissait depuis toujours. Si ce n'est que la dernière fois qu'elle l'avait vu remontait à trois ans…

— À l'époque, on l'appelait l'Américain. À cause de cette histoire de bague.

Elle se leva, contourna la table et s'approcha de la photo :

— Tu la vois, là ?

Le bras de Petros entourait l'épaule de Pénélope et la bague était bien visible à sa main droite.

— Sa dernière photo, dit Odile.

Elle quitta la banquette, se rendit dans sa chambre et revint avec une photo de format carte postale. On la voyait donnant le sein.

Elle posa la photo sur la table, devant Clio :

— Et voici sa première.

— Il faut continuer d'espérer, dit Clio troublée.

Odile n'avait pas les yeux sur sa fille. Elle regardait l'objectif avec une immense tendresse, et l'on sentait qu'à cet instant, c'était au photographe, c'est-à-dire son mari, qu'allait son amour. La photo renvoya Clio à son propre drame.

Les corps de ses deux frères disparus durant la guerre civile n'avaient pas été retrouvés, et il avait fallu deux ans à sa mère pour accepter leur mort. Tantôt elle était convaincue qu'ils avaient perdu la mémoire, tantôt qu'ils étaient partis en Russie avec les communistes... Jusqu'à ce qu'un matin, au petit-déjeuner, elle dise d'un ton sobre : « C'est fini. »

— Elle est sortie de moi, reprit Odile. Elle s'est nourrie de moi. J'ai glissé dans sa vie comme elle dans la mienne. Je me sens rassurée grâce à cette photo.

Elle s'interrompit quelques instants, le regard au loin :

— Les mutilations et les photos, c'est la même chose. Tu veux te convaincre que tu existes et tu te mutiles... La photo ne grave pas la vie dans la chair, elle l'inscrit sur le papier, mais le propos est le même. Rendre l'instant éternel.

Elle sourit :

— Je regarde cette photo et me souviens qu'il fut un temps où j'avais une belle poitrine.

Elle ôta sa chemise et décrocha son soutien-gorge :

— Tu vois ? La vie passe.

Elle se leva et se rendit à nouveau dans sa chambre.

Clio laissa s'écouler quelques minutes, quitta son banc et rejoignit Odile. Elle était étendue sur le dos, secouée de sanglots, la poitrine dénudée.

Clio s'étendit à son côté en chien de fusil et sentit sa main lui caresser la tête.

21 septembre, vers 22 h 00,
terrasse du café Stamboulidis

Les commerces avaient rouvert. Les hommes se retrouvaient au café, les vieux le matin ou en fin d'après-midi, les jeunes le soir jusqu'à tard. De temps à autre, une troupe de théâtre ambulant s'arrêtait sur l'île et se produisait au Titania, la salle des fêtes. Chaque samedi, le maire y passait un film que lui faisait parvenir son collègue de Kos.

Mais l'insouciance n'était pas revenue. Les hommes jouaient au *tavli* sans passion. Pas comme avant, lorsque les joutes étaient l'occasion de bousculades autour d'une table, de rires tonitruants et de discussions retentissantes. On parlait de la vie retrouvée ou perdue, de l'avenir ou du passé, en cherchant ses mots, la voix éteinte. « Deux cent mille… Tu peux m'expliquer ? Et tués par des Grecs ! »

Assis à la terrasse, Lakis aperçut Vassilis qui passait à dix mètres de lui, rasant le parapet. Il l'interpella. L'autre fit comme s'il n'avait pas entendu.

— Vassilis ! cria à nouveau Lakis, cette fois plus fort.

Il quitta sa chaise et s'approcha du pêcheur :

— Je suis passé chez toi et t'ai laissé un mot. Je veux que tu reviennes au poste. D'autres questions me sont venues à l'esprit. Mon devoir est de te les poser. Je t'attends demain matin à huit heures. Sois gentil, ne me force pas à te mettre dans l'embarras.

Vassilis garda les yeux braqués sur ceux de Lakis :

— Et là, maintenant, que fais-tu d'autre ?

Il resta immobile durant quelques secondes, tourna la tête et s'éloigna.

— Demain, huit heures, lança Lakis.

Il avait profité de sa visite chez le pêcheur pour effectuer un semblant de perquisition. Sans doute aurait-il pu y penser plus tôt… Mais que chercher dans une maison aussi misérable que celle de Vassilis ? Il aurait fallu une équipe d'experts venus de la capitale…

Mardi 22 septembre, à la maison d'Odile, vers 14 h 00

Le temps passait lentement. Chaque jour, avant l'arrivée de Clio, Odile se rendait au village et passait ostensiblement devant chez Stamboulidis. Si elle arrivait à capter le regard de Yorgos, elle l'interrogeait, de loin, jusqu'à ce qu'il secoue la tête. Il ne savait rien de plus. Elle faisait alors demi-tour et rentrait chez elle, tête basse, ressassant sa culpabilité. Pourquoi, mais Dieu pourquoi, n'avait-elle pas insisté pour que sa fille l'accompagne à Athènes ?

Certains matins, elle se résolvait à pousser la porte du commissariat. Ce n'était pas la peur de déranger Lakis qui la freinait, le garçon s'était toujours montré disponible. Elle avait la certitude que la réponse serait la même que la fois précédente, qu'elle la recevrait comme un coup sur la tête.

*

Clio arriva alors qu'Odile était en train de sortir du four une *pita*[1] aux poireaux. Elles s'embrassèrent, Clio dressa le couvert et, selon l'habitude, s'assit dos à la planche de bois, laissant Odile seule face à la photo de Pénélope et Petros.

Elle attendit en silence qu'Odile pose la *pita* au milieu de la table et prenne place :

— *Tipóta néa* ? Quelque chose de neuf ?

Chaque jour, les mêmes mots.

Odile secoua la tête.

Elle avait croisé le cafetier chez la marchande de fruits et légumes. Vassilis s'était rendu au poste de police le matin même. Lakis l'avait interrogé durant deux heures et n'en avait rien tiré.

Odile les servit de *pita* et regarda Clio, l'air défait :

— Elle ne reviendra plus.

— On ne peut pas savoir.

Odile continua de la regarder et remarqua que la jeune fille transpirait abondamment.

— Tu n'as pas chaud, sous ta robe ?

Clio secoua la tête.

— Et ce voile qui te mange la moitié du visage…

Elle l'observa attentivement durant de longues secondes :

— Ton ovale est parfait. Tu le sais, n'est-ce pas ?

— Je l'ai oublié, dit Clio, laissant échapper un petit rire.

---

1. Tarte à base de pâte brisée.

Elle allait faire le portrait de Clio. Sans faute ! La lumière de septembre était douce, la photo serait magnifique.

— Qu'en dis-tu ?

Il vaudrait mieux, aussi, qu'elle se défasse de son voile.

Clio se cacha le visage dans les mains. Sa tonsure avait été faite n'importe comment.

— Ôte ton voile, dit Odile. Fais-le pour moi.

Clio s'exécuta et posa le foulard sur le banc. Ses cheveux avaient des airs de champ de bataille.

— Je te photographierai de près, dit Odile, en gros plan, cadrage serré. On verra ton visage, ta peau, ton front et à peine un soupçon de cheveux autour des oreilles.

Elle se rendit dans la chambre de Pénélope et s'approcha de sa table de travail. La veille, elle avait rangé le Rolleiflex et l'Alpa dans l'un des tiroirs.

Elle resta immobile, les bras ballants. Photographier Clio, c'était se faire plaisir en utilisant l'un des appareils de sa fille. C'était la trahir doublement.

Elle se mit à pleurer en silence, honteuse d'avoir voulu oublier son malheur.

Enfin elle se ressaisit et retourna en cuisine :

— Pour les portraits, il faut le Rolleiflex. Je ne le trouve pas.

Clio remit son voile pendant qu'Odile préparait des cafés, les servait et s'asseyait.

Elles restèrent ainsi durant une demi-minute, face à face, silencieuses.

Odile quitta soudain son banc, se rendit dans la chambre de Pénélope et revint avec le Rolleiflex :

— Le voilà.

Elle prit douze photos du visage de Clio :

— Et maintenant, tes pieds.

La jeune fille ôta ses bas, et Odile consacra un second film à photographier ses stigmates.

*

Après le départ de la jeune fille, elle développa les films et agrandit quatre prises en format dix-huit vingt-quatre, deux du visage, une des mains de Clio, les doigts entrelacés et les taches de brûlures bien visibles sur la main gauche, et une des pieds, posés l'un sur l'autre, jambes tendues.

22 septembre, vers 21 h 00, dans la cellule de Clio et Dimitra

Elles s'étaient installées comme avant, lorsqu'elles se racontaient des histoires qui les distinguaient des autres et leur donnaient un délicieux sentiment de transgression. Clio s'était recroquevillée sur son matelas et Dimitra, tête-bêche sur son lit, n'arrivait pas à contenir son impatience :

— Dis-moi tout !

— Elle m'a d'abord photographié le visage. Sans voile. J'avais un peu honte, mais ça n'a pas duré (elle rit). C'était surtout pour les cheveux... J'ai entendu le bruit du déclencheur au moins une dizaine de fois. Elle a photographié ensuite les marques sur mes mains, puis les pieds. J'ai hésité à me déchausser et à enlever mes bas. Là encore je l'ai fait très vite. Elle a pris cinq ou six photos des pieds, c'est elle qui les plaçait dans différentes positions. C'était plus compliqué que pour les mains.

— Tu as aimé ?

Comment aurait-elle pu ne pas aimer ? Quelqu'un dirigeait toute son attention sur elle, non pas pour la surveiller ou la punir, mais avec bienveillance, à l'affût du moindre de ses gestes, de la plus infime expression qui passait sur son visage :

— Je me sentais couvée. Une sorte de retour en enfance…

Après avoir terminé de photographier ses blessures aux pieds, Odile lui avait demandé si elle acceptait de retirer sa robe, « seulement ta robe, pour que je voie tes épaules. Si tu me dis que ça te gêne, je comprendrai ».

— Et ? demanda Dimitra.

Clio avait refusé.

— Moi, j'aurais accepté, fit Dimitra.

Elle quitta brusquement sa position tête-bêche et s'installa pour la nuit.

Mercredi 3 septembre, vers 14 h 00, chez Odile

Odile tendit un agrandissement à Clio :

— Voici la première.

La photo la représentait au moment où elle se défaisait de son voile, souriante, le regard légèrement flou, les bras au-dessus de la tête.

Clio découvrit la photo, étonnée :

— J'ai l'air joyeux.

Odile jeta un coup d'œil à l'Alpa posé sur la table de la cuisine et le saisit d'un geste brusque :

— Regarde-moi !

Clio tourna la tête et au même instant, Odile appuya sur le déclencheur.

Elles éclatèrent de rire.

— Celle-là, dit Odile, je suis curieuse de voir ce qu'elle va donner. Ton visage y paraîtra deux fois.

Clio regarda à nouveau la photo qu'elle avait en main. Elle ne s'était jamais imaginée si belle.

— Et celle-là, dit Odile, lui tendant un autre agrandissement.

On la voyait de face, sans voile, ses courts cheveux dressés par touffes, les yeux étonnés.

Elle lui en présenta une autre encore, où Clio apparaissait les traits détendus, apaisée.

— Tu es différente sur chacune.

Elle se saisit des quatre agrandissements et les punaisa sur la planche, à droite de la photo de Pénélope et de Petros.

— En deux semaines, tu as repris deux ou trois kilos, le sais-tu ?

Elle lui sourit :

— L'eau est rare sur l'île. Malgré tout, il arrive que nous en ayons. Hier soir, il y a eu un orage, la citerne doit être pleine. J'imagine qu'au monastère, vous n'avez pas droit à la douche. Si tu veux, tu peux en prendre une de temps en temps.

— Je veux bien, dit Clio dans un souffle.

Cela faisait trois années qu'elle ne s'était pas découverte : lorsque les moniales avaient le droit de faire leur toilette, après leurs règles, elles devaient revêtir une camisole de coton qui les couvrait des épaules aux chevilles.

Dans la salle de bains, elle se dévêtit entièrement et s'observa dans un miroir en pied. Si son visage lui sembla amaigri, son corps, lui, s'était épaissi. Sa poitrine, ses cuisses, sa toison étaient celles d'une femme. Son ventre avait pris en largeur. Elle se tourna et observa son dos. Ses fesses étaient plus amples. À nouveau face au miroir, elle se détailla durant une longue minute. Elle était devenue une autre.

Elle se plaça sous le pommeau de la douche, fit couler l'eau et savonna chaque partie de son corps, les bras, le ventre, les seins, l'entrejambe, et pour finir les cheveux. Elle se frottait par gestes lents, répétés, s'efforçant de graver en mémoire le plaisir fort qu'elle en retirait.

Enfin elle se sécha, se rhabilla et retourna s'asseoir face à Odile, comblée par les sensations qu'elle venait d'éprouver. Elle lui sourit, reconnaissante, et demanda s'il était difficile de photographier.

Odile pensa lui dire mille choses. Qu'une photo était réussie lorsque le modèle se reconnaissait et en même temps s'étonnait de se voir comme il ne s'était jamais vu. Que la vie consistait à regarder. Qu'une jolie petite nonne avait ses blessures, tout comme les pierres du Parthénon avaient les leurs, et qu'un bon photographe devait les deviner, puis s'effacer, comme le serviteur de Dieu devait s'effacer face à l'autre jusqu'à ce qu'il le découvre et le révèle. Que l'objectif de l'appareil permettait à la fois d'éloigner et de rapprocher le photographe de son sujet. Qu'en définitive, photographier ou entrer au monastère, c'était la même chose : ne plus s'occuper de soi pour s'occuper de l'autre. Que c'était ça, la foi.

Mais la perspective de partager avec Clio ce qu'elle ressentait de plus intime sur la photographie, alors qu'elle ne l'avait pas fait avec sa fille, la mordit de culpabilité. Alors elle décida de ne rien dire.

Au même instant, Clio lui demanda si elle voulait bien lui apprendre à photographier.

Dimanche 27 septembre, vers 15 h 00,
chez Odile

— L'important, dit Odile, c'est la confiance. Au moment où tu me photographies, si tu veux révéler ce qu'il y a de plus beau en moi, tu dois me regarder de toutes tes forces, deviner mes pensées et te montrer à mon égard à la fois d'une lucidité sans réserve et d'une grande tendresse. Tu dois me donner la confiance en moi qui me manque. Et à l'instant où tu me vois comme tu ne m'avais jamais vue, tu appuies sur le déclencheur. Tu auras fait une photo à la fois fidèle et surprenante. Tout l'art de la photographie réside dans ce paradoxe.

Elle était assise sur le banc de la cuisine, dos contre la table. Debout devant elle, Clio cherchait ses repères, les yeux plongés dans l'optique du Rolleiflex. Odile l'avait réglé à un cent vingt-cinquième, pour une focale de deux. Le film était un 100 ASA.

— Ne me ménage pas, dit Odile.

Alors qu'elle était de face, hagarde, Clio prit plaisir à la capter dans son désarroi.

— Tu apprends vite, dit Odile, le sourire triste.

Clio réarma l'appareil et la photographia à nouveau, au moment où elle tournait la tête, puis de profil, les yeux baissés.

Soudain, Odile quitta le banc, l'air perdu :

— Je ne suis pas encore un cadavre ! Tu le sais, n'est-ce pas, que je ne suis pas morte ?

Tremblant de tous ses membres, elle se dévêtit entièrement et s'assit nue à même la table, jambes croisées.

— Photographie-moi comme je suis.

Clio la regarda, sidérée.

— Vas-y, appuie sur le déclencheur… Appuie, pour l'amour du ciel !

Clio la saisit, alors que de la main Odile faisait un geste comminatoire. Elle la cadra des genoux jusqu'au front. Puis elle réarma le film et prit coup sur coup deux photos, l'une de profil, la dernière au moment où Odile se cachait le visage dans les mains.

Enfin, le Rolleiflex toujours à la main, elle s'assit à côté d'Odile et posa la tête contre la sienne.

— Je perds la tête, dit enfin Odile.

Clio ne réagit pas.

— Combien de photos as-tu prises ?

— Sept, je crois.

Il en restait donc cinq. Odile se leva, toujours nue, se rendit dans sa chambre et en revint avec un trépied et un retardateur.

— Je voudrais nous photographier l'une près de l'autre, comme nous étions il y a un instant.

Elle installa le Rolleiflex sur le trépied, régla le retardateur à dix secondes et retrouva sa place sur la table, à côté de Clio. Au clic du déclencheur, elle voulut faire une deuxième photo, arma l'appareil, relança le retardateur et se rassit. La photo faite, Clio chercha son regard. La sensation de s'être découverte, celle qu'elle avait éprouvée quelques jours plus tôt alors qu'elle se douchait, lui revint en mémoire. Quelle honte y avait-il à dévoiler son corps ? N'était-ce pas l'œuvre du Seigneur ? Le cadeau suprême de Celui qui lui avait donné la vie ?

Elle se leva, se planta devant Odile, et, sans hésitation, se déshabilla, avant de reprendre place sur la table.

Odile la regarda, ébahie, se leva, lança le retardateur et s'assit à son côté, lui entourant les épaules de son bras.

La photo faite, elles restèrent plusieurs minutes immobiles.

— À moi de te photographier nue, dit enfin Odile.

Il restait deux pauses. Elle décida de photographier chaque fois un fragment de ce que Clio avait de plus charmant :

— Tu es belle de partout.

Elle la fit s'étendre sur le dos, s'appuyant sur les avant-bras, et détailla son corps. Cette fille avait des seins importants pour un torse mince. Elle décida de la photographier du cou jusqu'aux poils pubiens.

— Mets-toi à plat sur le dos, la tête posée côté gauche. Je ne veux pas voir tes traits.

Elle cadra la photo de la taille jusqu'à mi-cuisse et pressa sur le déclencheur :

— Maintenant, sur le ventre.

Elle arma le Rolleiflex de sa dernière photo, rebrancha le retardateur sur l'appareil, et orienta celui-ci pour qu'il cadre le dos de Clio, des épaules jusqu'au haut des cuisses. Puis elle lança le retardateur et alla s'étendre sur Clio, nue, le ventre plaqué sur ses reins, comme si elle la couvait.

27 septembre, vers 21 h 00, dans la cellule de Clio et Dimitra

« Nous avons écossé des fèves », mentit Clio. Il s'en suivit un silence bizarre. Pas dupe du mensonge, Dimitra reprit sa place pour la nuit et Clio resta les yeux ouverts, revoyant sans cesse la scène où elle avait laissé choir à terre son *mandya* et son *polystavri*. Comment avait-elle pu ? Ôter le *mandya,* l'habit sans manches, symbole de l'absence des bras à toute vie matérielle et à tout péché, se défaire des vêtements qui incarnaient le tombeau du Christ, n'était-ce pas ne plus être avec Lui ? Remplacer le bonheur de Le servir par la honte ? En se libérant du *polystavri*, le vêtement noir qui portait la croix sur la poitrine et au dos, ne s'était-elle pas ouverte au diable et à ses tentations, rejetant, en un geste, tout espoir de vertu ?

Qu'est-ce qui l'avait rendue folle au point de trahir le Seigneur ? Comment, ensuite, aspirer à la Résurrection ? Aucune des mille blessures qu'elle s'était infligées, aucune des psalmodies récitées jusqu'à épuisement ne l'avaient protégée. Sa vie de moniale était-elle construite sur si peu de choses, qu'elle ne l'empêchait pas de céder à la première tentation ? De retrouver son corps, de le montrer, de le partager ? De se convaincre que cela ne faisait qu'honorer l'œuvre du Créateur ?

Elle se perdait.

Lundi 28 septembre, vers 14 h 00,
chez Odile

À peine arrivée, Clio s'assit près d'Odile, face à la planche.

Odile pointa de l'index la photo qui la montrait nue, étendue sur elle :

— Nous sommes deux à être heureuses à cet instant. Moi, parce que je te couve comme une poule couve son œuf. Et toi parce que tu sens combien tu comptes pour moi et que tu reçois la chaleur de mon corps.

Le regard toujours sur la photo, elle laissa passer un court silence :

— J'ai tort ?

Clio secoua la tête.

— Tu t'es barricadée si longtemps et si inutilement, ajouta Odile. Tu n'existes ni par tes sous-vêtements, ni par ta robe, ni par ton voile. Tu existes par ton âme et ton corps, où elle habite. Aime-le, de toutes tes forces. Si tu cherches une preuve tangible du sacré sur Terre, c'est ton corps qui te la donnera.

Clio se rapprocha d'elle et posa la tête sur son épaule.

— On aurait pu faire mieux, poursuivit Odile, le regard toujours sur la photo. En surexposant. Ma peau aurait paru plus lisse.

Elle sourit :

— Au moment de l'agrandissement, j'avais envisagé de mettre un calque, cela aurait eu un effet de lissage.

Elle entoura de son bras les épaules de Clio :

— Pour les nus, il vaut mieux utiliser l'Alpa, qui permet des formats rectangulaires. Je suis sûre que tu obtiendras des résultats intéressants.

Mercredi 30 septembre,
dans le bureau de Lakis,
vers 09 h 30

Aussi loin que ses souvenirs portaient Lakis, il n'avait jamais connu un mois de septembre aussi déroutant. Quatre semaines de canicule, suivies d'un meltem violent, de ceux qui d'habitude se déclenchent fin juillet et secouent la mer jusqu'à des forces sept ou huit Beaufort. Et bien sûr, pas un caïque à l'horizon.

Il porta son regard au large, là où la mer glissait du gris-bleu de la côte au bleu-vert, essayant tant bien que mal de penser à autre chose qu'à l'affaire. Ce fut en vain, et très vite son attention retourna tout entière à la disparition de Pénélope.

La veille, le maire était passé au poste de police : « Il n'y a rien qui t'étonne, dans cette histoire ? », lui avait-il demandé. « Hier encore, nous étions hantés par la disparition de la jeune fille. » Il ne pouvait pas faire deux pas sans être harponné : « *Ti néa ? Ti néa ?* Quelles nouvelles ? » Cinq semaines plus tard, plus personne ne lui posait la question. Au Stamboulidis, les conversations retrouvaient un semblant de légèreté. L'île reprenait goût à la vie. Comment ne pas s'en réjouir ? Chaque semaine qui passait, les marchandises venant d'Athènes arrivaient plus régulièrement. La viande n'était pas encore abondante, mais celui qui avait de quoi s'offrir un morceau de bœuf ou d'agneau le trouvait.

— En un sens, je regrette cette accoutumance à la disparition de Pénélope. Mais pour ne rien te cacher, je m'en réjouis aussi. Les gens sont fatigués de côtoyer le malheur et je les comprends. Il est temps que la vie reprenne sur l'île.

Peut-être y avait-il une autre raison encore à ce désintérêt. Odile punaisait dans sa cuisine des photos d'elle et de sa fille où elles apparaissaient à peine habillées. Quiconque passait chez elle ne pouvait manquer d'être mal à l'aise :

— On aurait pu attendre qu'elle montre plus de sensibilité au mode de vie de nos habitants… Malgré son attachement à l'île, elle n'est pas des nôtres.

Aristidis réagissait comme les autres habitants de l'île. Avant que l'affaire n'éclate, la liberté d'Odile à l'égard de son corps était un motif de sympathie. Maintenant que l'île vivait un drame dont elle se sentait partie prenante, peut-être même responsable, la bienveillance s'évaporait.

Au moment de quitter Lakis, alors qu'il se trouvait sur le pas de la porte, il s'était retourné :

— Je tiens à te dire, mon Lakis, que l'île entière salue ton travail. Tu as organisé des battues, pressé Vassilis de questions, interrogé Petros durant des heures, fouillé l'île. Le plongeur de Kos, un habitué de la pêche aux éponges, est venu sonder les fonds marins jusqu'à trois cents mètres du rivage. Après tout, chaque année, dans le monde, des gens disparaissent. Le cas de Pénélope n'est peut-être qu'un sur cent ou mille, ou même dix mille. Presque une banalité. La presse d'Athènes n'en parle plus. Allez, je file.

— Merci pour ton soutien, lui avait dit Lakis, très ému. La situation n'est facile pour personne.

Il s'enfonça dans son fauteuil et à nouveau scruta la mer. Les vagues, méchantes, allaient dans tous les sens. Un vrai sale temps de mer Égée. De ceux qui rappellent sa voracité et charrient des relents apocalyptiques. Et toujours pas l'ombre d'un bateau.

Il consulta sa montre. Bientôt l'heure d'aller prendre un café chez son père.

Alors qu'il rangeait les papiers qui traînaient sur son bureau, voilà qu'Aristidis était à nouveau devant lui, essoufflé, perdu. Le caïque de Vassilis avait été aperçu, vide, au large de chez Odile. Un corps flottait à mi-chemin entre son bateau et la rive, sans doute celui du pêcheur. Une barque et trois hommes étaient partis récupérer le caïque et le corps.

— En tout cas, il n'a pas chaviré, dit Aristidis en prenant place là où Vassilis s'était assis quelques jours plus tôt. Il a glissé. Ou alors il a décidé d'en finir. Et devant la maison de la Française, en plus !

30 septembre,
chez Odile, vers 13 h 00

— On ne sait pas si l'on s'approche de la vérité ou si l'on s'en éloigne, dit le maire.

Lakis et lui étaient venus informer Odile du décès de Vassilis. Son corps avait été repêché, son caïque récupéré, et rien n'indiquait qu'il y ait eu violence. Les caïques n'étant pas quillés, il se pouvait que, sous l'effet du tangage, il se soit retrouvé à l'eau. Comme presque tous les hommes de l'île, il ne savait pas nager. Mais il savait manier un caïque. Sur l'eau, c'était un vieux de la vieille. Et les vieux de la vieille ne sortaient pas en mer par un temps pareil.

Selon Aristidis, l'hypothèse selon laquelle il s'était volontairement noyé paraissait la plus probable. Il voulait en finir, tout en laissant croire que ce n'était pas un suicide et qu'il ne s'agissait pas d'un aveu de culpabilité. Ou alors, que c'était bel et bien un suicide perpétré devant chez Odile, sa manière de culpabiliser ceux de l'île qui l'avaient si injustement ostracisé :

— Le lieu du suicide peut être compris dans ce sens. Lakis et moi étions tout à l'heure chez lui, pour voir si par chance nous trouverions un mot d'explication, j'entends, deux lignes disant qu'il n'en pouvait plus d'être soupçonné d'un crime qu'il n'avait pas commis. Ou au contraire, une confession et un repentir. Nous n'avons rien trouvé.

— Le village a tourné la page de la disparition, renchérit Lakis, mais l'attitude des gens à l'égard de Vassilis est restée méfiante. Chaque regard un peu ambigu devait lui être insupportable.

— Et maintenant ? demanda Odile.

— Comme je te l'ai dit, répondit Aristidis. On s'approche de la vérité. Si Vassilis est le responsable de la disparition de ta fille, on connaît le meurtrier.

Elle demanda à Lakis s'il partageait ce sentiment.

— Je crois que nous approchons de la vérité, en même temps que nous nous éloignons d'une issue heureuse. C'est mon devoir de te le dire.

Samedi 3 octobre, vers 22 h 00,
dans la cellule de Clio et Dimitra

— Tourne légèrement la tête vers moi. Pas plus. Maintenant, regarde vers le bas. Encore un peu. Tu es magnifique. Ne bouge plus.

Dans le viseur de l'Alpa, Dimitra apparaissait de profil, le visage éclairé par l'unique lumière, deux bougies posées sur sa table de chevet. À l'agrandissement, il apparaîtrait en très gros plan, débordant les limites de la photo au niveau du front, le voile à mi-hauteur. Odile avait dit à Clio : le format de l'Alpa est parfait pour les corps, mais si tu veux faire un portrait, ne te prive pas, je couperai les côtés à l'agrandissement et tu auras un format carré.

Elle avait mis un film de 400 ASA, avec une ouverture à quatre et une vitesse à un dixième de seconde, assez lente malgré la sensibilité du film, de manière à donner au visage de Dimitra un effet satiné.

Clio pressa sur le déclencheur, posa l'Alpa sur le lit et regarda Dimitra, l'air grave :

— On en fait une sans voile ?

Dimitra resta figée. Clio s'assit à son côté et ôta pour elle les trois épingles à cheveux qui retenaient le tissu.

Les yeux baissés, Dimitra le fit glisser au-dessus de sa tête jusqu'à ce qu'il tombe derrière elle.

— La même pause, cadrée plus large, fit Clio.

Elle se positionna un demi-mètre plus en retrait, de façon à capter le haut du front jusqu'à quelques centimètres au-delà de la naissance des cheveux. Avant même d'accoler le viseur à son œil, elle remarqua combien l'expression de Dimitra avait changé. Elle semblait craintive.

Clio approcha l'Alpa de son visage et attendit quelques secondes, le temps que l'expression de Dimitra s'adoucisse :

— On fera comme tu voudras.

Les yeux dans le vague, Dimitra ne réagit pas.

— Et maintenant ? demanda Clio.

Dimitra la regarda, silencieuse. Lorsque Clio lui avait raconté sa première séance de photos chez Odile, elle lui avait reproché d'avoir décliné la proposition de poser nue. « J'aurais accepté », avait-elle lancé, bravache.

— Attendons, alors, dit Clio.

Elle s'étendit sur son matelas. À son tour, Dimitra se coucha.

Dix minutes plus tard, elle se leva, et, le dos tourné à Clio, se défit entièrement. Elle avait toujours mis un soin extrême à cacher son pied bot. Massif, difforme, orienté vers le sol comme en prolongation de sa jambe, il restait emmitouflé dans une chaussette épaisse qu'elle gardait jour et nuit, été comme hiver, et qu'elle changeait discrètement une fois par mois, après ses règles.

Elle ôta ses bas et, entièrement nue, se rassit sur le bord du lit, la poitrine couverte de ses deux bras, les jambes repliées autant qu'elle pouvait, le pied bot dénudé mais caché.

Clio remarqua des fesses comme elle n'en avait jamais vu. Elles étaient majestueuses, rebondies, tendues.

— Comment veux-tu que je te photographie ?

— Pas les seins. Ils sont horribles. Ni le pied.

Clio fit étendre Dimitra sur le ventre et découvrit son pied bot, une masse osseuse difforme. Agenouillée au bas du lit, elle positionna l'Alpa à la verticale et cadra l'image du haut des cuisses de Dimitra jusqu'au sommet de la tête, puis, glissant le cadrage vers le bas, des épaules jusqu'à hauteur des genoux :

— Deux très belles photos, dit Clio. Tu as un dos magnifique.

Elle posa la main sur le bas de la jambe de Dimitra et la fit glisser jusqu'à ce qu'elle atteigne le pied bot. Son amie ne bougea pas. Clio garda la main immobile durant quelques instants, puis lui imposa un léger mouvement de va-et-vient qui caressa la plante du pied.

Elle vit le dos de Dimitra secoué de soubresauts, se pencha et embrassa le pied difforme. Puis elle se roula en boule et le couvrit de sa tête.

Lorsque les soubresauts cessèrent, elle entendit Dimitra, toujours couchée sur le ventre, la voix étouffée par les draps qui lui recouvraient une partie de la bouche. Personne, jamais, n'avait embrassé son pied fracassé :

— Ma mère disait que c'était l'œuvre du diable.

Elle avait soigné son pied, l'avait massé, enduit, fait bouger autant qu'elle le pouvait. Mais à ses yeux, ce pied restait un objet d'horreur.

— Tourne-toi sur le dos, dit Clio.

Après quelques instants d'hésitation, Dimitra obtempéra :

— Tu vois…

Elle se couvrit les seins de ses bras.

— Si je les photographie, je suis sûre que tu les aimeras davantage.

Mercredi 7 octobre, vers 14 h 00,
chez Odile

Assise à la table de la cuisine, Odile avait les yeux sur les agrandissements qu'elle venait de retirer du séchage. Cela faisait trois jours que Clio lui avait remis le film. Il lui avait fallu ce temps pour trouver la force de développer les prises, d'examiner les planches-contacts et de choisir les photos à agrandir.

Clio et sa camarade de cellule devaient être heureuses. Sans doute connaissaient-elles désormais une complicité nouvelle… Des instants de joie inattendus… De ceux que Pénélope ne découvrirait jamais. Le suicide de Vassilis avait sonné la fin de l'espérance. Sa fille était morte. Impossible, désormais, d'esquiver les interrogations douloureuses. Dans quelles circonstances ? Dans quelles souffrances ? Où se trouvait son corps ?

— Bonjour, murmura Clio, prenant place face à elle.

Odile leva les yeux et sourit, soulagée par l'arrivée de la jeune fille :

— Regarde. J'en ai choisi quatre.

Elle empila les agrandissements qui se trouvaient sur la table et les tendit à Clio :

— Tu es très douée.

Le cœur battant, Clio découvrit chacune des photos avant de la glisser sous la petite pile et prendre connaissance de la suivante. Odile avait agrandi celle où l'on voyait le visage de Dimitra en très gros plan, le front barré par le voile, puis celle où elle apparaissait de dos, cadrée à partir du haut des cuisses, celle où elle était couchée sur le dos, les seins cachés par ses bras, et enfin la dernière des douze, prise après qu'elle eut accepté de dévoiler sa poitrine, le visage couvert de ses mains.

— Chacune de ces photos est splendide, reprit Odile. Tu as su regarder ta camarade, l'écouter, la révéler. Veux-tu les lui montrer ?

Clio resta silencieuse.

— Tu ne dis rien ?

— Je voudrais vous emprunter le trépied, murmura Clio.

7 octobre, vers 20 h 30,
dans la cellule de Clio et Dimitra

Pendant que Clio installait le trépied au bord du lit, elle chercha le regard de Dimitra :

— Une seconde et tu comprendras.

Elle sortit l'Alpa d'une poche de sa robe et le vissa sur le haut du trépied :

— J'ai pensé que cela te ferait plaisir.

En quoi un trépied pourrait-il lui faire plaisir ? À la fin de la première séance de photographie, elles avaient repris leurs distances, désemparées par ce qu'elles venaient de vivre.

— Regarde, fit Clio, en lui lançant les quatre agrandissements qu'elle avait dans sa poche.

Ils atterrirent sur le lit. Dimitra se saisit des photos et regarda la première d'entre elles, celle faite en dernier, poitrine offerte à l'objectif et visage caché par ses mains. Elle l'observa longuement, jeta un coup d'œil aux trois autres et leva les yeux vers Clio.

— Ensemble ? Tu veux nous photographier ensemble ?

Clio hocha la tête, l'air grave.

— Comme avec la Française ?

À nouveau, Clio hocha la tête.

— Vous étiez nues… ?

Elle maintint son regard sur Dimitra durant de longues secondes, puis ajusta l'ouverture de l'Alpa, fixa la vitesse d'obturation à un vingt-cinquième de seconde et chercha à nouveau les yeux de son amie :

— Il y avait quelque chose d'injuste, l'autre jour, à ce que tu sois nue et moi vêtue comme à la messe.

Samedi 10 octobre, vers 18 h 00, dans la cellule de Clio et Dimitra

Clio crut défaillir. À peine avait-elle ouvert la porte de sa cellule qu'elle se trouva nez à nez avec l'higoumène.

Andonìa l'épiait depuis plusieurs jours. Pourquoi avait-elle l'air si rayonnante, alors que sa mission était de consoler une pauvre femme dont l'enfant avait disparu ? Le moment était venu de faire rentrer Clio dans le rang avant qu'elle ne perde le pli des rigueurs monastiques.

À la vue d'Andonìa, Clio eut un mouvement de recul. L'higoumène la rejoignit au milieu du couloir :

— Tu m'as l'air bien alerte… Veux-tu faire quelques pas ?

Liquéfiée, Clio s'exécuta, forçant sur sa claudication. Andonìa la regarda, l'œil froid :

— Allons dans ta cellule.

Elle fit passer Clio devant elle, ferma la porte et chercha le regard de la jeune fille :

— Ôte tes bas.

Clio ne bougea pas.

— Obéis.

Elle releva le bas de sa robe, fit glisser les deux longs bas noirs qui lui arrivaient à mi-cuisse et dénuda ses jambes. Elles ne portaient plus trace de cicatrice.

— Je constate que tu ne te rapproches plus de notre Seigneur.

Clio resta muette.

S'éloigner du Christ était très grave, poursuivit Andonìa. Plus grave encore était de le tromper. En feignant la claudication, elle se moquait du Seigneur autant que de son higoumène.

Un silence s'installa.

— Rhabille-toi, dit enfin Andonìa. Nous réglerons la suite après les complies.

Clio se saisit de l'un de ses bas et, de façon à pouvoir le remettre aisément, remonta les pans de sa robe. Son mouvement fit dépasser de la poche où elle les avait glissés les agrandissements qu'Odile venait de lui remettre.

— Montre-moi ça ! lança Andonìa.

Clio resta tête baissée, un bas dans la main.

— Montre, te dis-je !

La jeune fille tendit les quatre agrandissements à l'higoumène. Le premier la représentait de dos, couchée au côté de Dimitra, nues toutes les deux.

Les yeux rivés à la photo, Andonìa se mit à respirer par saccades, bouche ouverte. Après quelques secondes, elle murmura *Thémou*, mon Dieu, et s'assit sur le lit de Dimitra. Les yeux toujours sur la photo, elle glissa celle-ci sous la pile. La suivante montrait Dimitra, la poitrine cachée par ses mains. Sur les autres, on voyait les deux filles de face, étendues l'une à côté de l'autre, cadrées du bas-ventre jusqu'au ras du cou.

Andonìa resta de longues secondes les yeux rivés sur les quatre photos, passant de l'une à l'autre, puis à la suivante, la bouche toujours ouverte, la respiration saccadée, incapable de dire un mot.

La sensualité des photos, la tendresse, la vitalité qui en émanaient, tout la désarçonnait. Construites au prix d'innombrables psalmodies et mutilations, ses digues se fissuraient. Des fantasmes enfouis en mémoire, des pulsions réduites au silence remontaient en surface. La sérénité durement acquise au prix d'une discipline de trente ans partait en fumée. Les yeux sur les photos des corps de Clio et de Dimitra, elle avait envie de jeter son voile, d'arracher ses habits, de se toucher, d'être caressée, embrassée, aimée…

Une longue minute plus tard, sa respiration s'apaisa. Elle leva les yeux vers Clio, vit qu'elle était terrifiée et pensa lui confisquer les quatre clichés. Mais elle abandonna vite l'idée. Les avoir à portée de main dans sa cellule ne ferait que la perturber davantage.

Elle les posa sur le lit :

— Je t'attends dans mon bureau dans une heure.

Le temps de retrouver ses esprits.

10 octobre vers 19 h 30,
dans le bureau de l'higoumène

D'un geste sec, Andonìa invita Clio à prendre place. Que cachait tant de retenue, s'interrogea la jeune fille, le cœur battant ? Et pourquoi Ioanna n'était-elle pas présente ? Sans doute l'higoumène voulait-elle atténuer l'annonce de sa sentence. Dans cinq minutes, elle serait renvoyée du monastère.

Mais le coup de grâce ne vint pas. Trop apeurée, Clio ne voyait pas qu'Andonìa avait, elle aussi, les traits défaits et le regard flou. L'heure qu'elle avait passée à prier n'avait pas apaisé son trouble.

Rassemblant ses forces, elle voulut jouer son rôle d'higoumène :

— Ce que tu as fait est une violation grave des règles du monastère. En te laissant aller chez la Française, je t'accordais ma confiance…

Clio hocha la tête, les yeux baissés.

— Pourquoi, alors ? poursuivit Andonìa, surprise d'avoir obtenu un aveu tacite avec autant de facilité.

Elle comprit qu'une reddition complète était là, à portée de main. Mais elle était trop perdue pour savoir ce qu'elle ferait d'une telle victoire.

— J'ai violé les règles du monastère, dit soudain Clio d'une voix ferme. Pas celles du Seigneur.

Étonnée de sa propre audace, Clio avait asséné ces mots sans trembler.

Andonìa la regarda, décontenancée.

— Le Christ nous interdit-Il d'exprimer de l'affection ? De caresser une tête ? Si passer une main sur des cheveux n'est pas commettre un péché, pourquoi faudrait-il interdire de la passer sur la joue ? Le cou ? L'épaule ? Le ventre ? La cuisse ? Pourquoi le plaisir doit-il être proscrit ? Le connaître serait-il contraire aux enseignements du Christ ? A-t-Il souffert sur la Croix pour que nous en soyons privées ?

— Tu Lui dois fidélité, rétorqua Andonìa, la voix mal assurée.

— Ne pas donner d'amour, voilà qui serait Le trahir !

— Et ces photos ?

— Faudrait-il que j'aie honte de mon corps ?

Comprenant enfin que l'higoumène n'en menait pas large, elle poursuivit avec force :

— L'affection de Dimitra me rend infiniment heureuse. Vouloir, par une photo, se retrouver, s'assurer de sa propre existence, accepter son corps, perpétuer cet instant merveilleux, serait-ce violer Ses enseignements ? Je remercie chaque minute le Christ de ces retrouvailles et de l'amour qu'elles ont fait éclore. Personne, ici, ne prononce ces mots : « je t'aime ». Est-ce péché de le dire ? Dimitra s'est retrouvée, dans les photos que j'ai faites d'elle. Elle s'est acceptée. Elle s'est aimée telle qu'elle est. Avec son infirmité. Sans honte. Et si elle a pu se tourner vers moi avec charité, c'est parce qu'elle s'est sentie aimée.

— Nous nous aimons en Christ, protesta l'higoumène d'une voix à peine audible, les yeux baissés.

— Est-ce à dire qu'Il ne veut entendre personne prononcer ces mots : « je t'aime » ? Je n'ai de ma vie été aussi heureuse. Chaque fois que Dimitra me dit un mot affectueux, j'ai une bouffée de gratitude à l'égard du Christ. Pensez-vous qu'Il préférerait me voir continuer à m'infliger des blessures ? Posez-Lui la question, puisque vous êtes si proche de Lui, au point de savoir ce qu'Il pense.

Comment Andonìa pouvait-elle dire à cette jeune fille qu'elle avait tort ? Qu'elle devait abandonner ses idées blasphématoires ? Que se perdre dans la célébration de son corps ne pouvait que la mener à la perversion ? Comment trouver le courage de lui dire : « Retourne à tes mutilations ! » ? Comment prétendre qu'à cet instant, elle-même ne regrettait pas trente années de monastère au cours desquelles elle n'avait reçu ni caresse ni mot tendre, mais s'était au contraire astreinte à faire taire son corps en le malmenant, sous prétexte de se rapprocher du Christ ? Son corps et ceux de toutes les autres… ?

La jeune fille avait raison.

Elle regarda l'heure à son réveille-matin, heureuse de trouver une échappatoire :

— Le temps est venu de dire les complies. Nous reprendrons cette conversation ici, demain matin à sept heures, après la prière.

En attendant, Clio avait ordre de ne rapporter leurs échanges à personne, pas même à Dimitra.

La jeune fille ne quitta pas sa chaise. Andonìa la regarda sans comprendre.

— Vous ne me chassez pas ? demanda Clio.

D'un geste, l'higoumène lui fit signe de partir.

Dimanche 11 octobre, vers 07 h 00,
au café Stamboulidis

— Quelques achats à Kos ? demanda Yorgos en posant un *metrio*[1] devant Odile.

— Cette fois-ci, c'est Rhodes, répondit celle-ci.

— Tu permets ?

Il s'assit à sa table et pensa lui raconter la discussion qu'il avait eue avec Lakis la veille au soir. D'après son fils, les cas de disparition se résolvaient en quelques jours ou s'enfonçaient pour toujours dans le mystère. « En un mot, avait ajouté Lakis, il n'y a pas le moindre espoir de retrouver la jeune fille vivante. » Mais comment dire cela à Odile ? Il décida de ne rien dire.

— Ah, Rhodes ! reprit Yorgos. Très bien ! Qu'est-ce qui t'amène là-bas ?

Elle devait acheter des films, du matériel de développement, des produits de laboratoire…

Pénélope ne se trouvait pas à Saint-Spyridon, elle en était certaine. L'un ou l'autre de ses habitants l'aurait

1. Café turc moyennement sucré.

reconnue. Mais il était possible qu'elle soit dans l'une des îles voisines, à Kos ou à Rhodes. Elle scruterait le visage de chaque jeune femme qu'elle dépasserait dans la rue pour ensuite constater qu'elle s'était fourvoyée. Elle vivrait chaque fois la même émotion, le même espoir fou, la même douleur.

Le voyage s'imposait aussi pour un autre motif. Les réserves de films s'amenuisaient et Odile était contente de réapprovisionner Clio. Sa présence lui permettait de surnager. La jeune fille prenait des risques à monter au monastère chargée de l'Alpa, des agrandissements, du trépied… Au moins, le trépied restait sur place, caché sous le lit de Dimitra…

À Rhodes, elle lui achèterait un reflex vingt-quatre trente-six, en remplacement de l'Alpa. Cela lui permettrait de se sentir moins coupable à l'égard de sa fille.

Elle laissa deux drachmes sur la table et se dirigea vers l'embarcadère. Dans le caïque, elle s'installa sur l'une des banquettes transversales. Elles ne comptaient que deux places, la garantie de pouvoir faire le trajet tranquille. Personne ne se bousculerait pour être assis à côté de celle dont l'île avait englouti la fille.

Elle pensa aux photos que Clio avait prises d'elle-même et de Dimitra. Audacieuses, émouvantes, très fortes… Elles n'auraient pas dépareillé dans une galerie parisienne… Cette fille avait un talent… Une sensibilité… Ses nus de Dimitra couchée sur le dos… Et ses seins… Fatigués, bouleversants… Non, elle ne lui achèterait pas un reflex vingt-quatre trente-six. Ce n'est pas à Rhodes qu'elle trouverait l'équivalent de l'Alpa. Et son optique n'était pas pour rien dans la qualité des photos. Pénaliser Clio parce qu'elle-même éprouvait un sentiment de culpabilité à la voir utiliser l'appareil de Pénélope, voilà qui aurait été injuste.

Combien de temps allait-elle rester à Saint-Spyridon avant de rentrer à Paris ? À trop attendre, son fonds de commerce ne vaudrait plus un franc. Allait-elle le faire revivre ? Le vendre ? Mais voilà, retourner, c'était abandonner. C'était accepter que Pénélope soit morte.

Et André, mon Dieu ! Elle s'arrêta en chemin et ferma les yeux. Elle ne pensait plus à André comme avant.

Au moins, la mort lui avait évité de vivre ce drame.

11 octobre, à 07 h 30, dans le bureau de l'higoumène

Andonìa n'avait pas dormi. Elle s'était souvenue d'un mot qu'avait eu le père Cosmas, un jour où il lui parlait de ses propres moments de doute : « Je relis les Épîtres de Paul, lui avait-il dit. Surtout la première, celle aux Corinthiens. »

Elle retourna à l'Épître. Le saint appelait les Corinthiens « hommes charnels, enfants en Christ. L'Esprit de Dieu habite en vous », leur disait-il. Le cœur battant, Andonìa poursuivit sa lecture, sentant que la lumière lui viendrait, là, à tout instant, au détour d'un mot ou d'une pensée.

Elle se fit aveuglante au chapitre 6. « Ne savez-vous pas que vos corps sont des membres du Christ ? » demandait Paul aux Corinthiens. « Ne savez-vous pas que votre corps est le temple du Saint-Esprit qui est en vous, que vous avez reçu de Dieu, et que vous ne vous appartenez point à vous-mêmes ? » Il concluait le chapitre par ces mots, lourds de sens à qui aurait choisi de se mutiler pour se rapprocher du Seigneur : « Glorifiez donc Dieu dans votre corps ». La déification de la chair n'était pas sa désincarnation, voilà ce contre quoi Cosmas avait voulu la mettre en garde. L'homme ne pouvait viser la perfection qu'à la condition d'être déifié corps et âme. Âme ET corps.

Andonìa se rendit à l'évidence. Les suicides d'Emilia, de Teresa et de Panayota n'avaient pas été des accidents mais des assassinats. Elle les avait favorisés, dans le propos égoïste d'assurer sa tranquillité d'âme… Elle avait grandement, immensément péché. Elle devait demander mille fois pardon au Seigneur, aux trois pauvres filles mortes de désespoir et à toutes les moniales qu'elle avait poussées à des souffrances cruelles.

Face à elle, Clio avait les traits défaits, épuisée par la peur de ce qui l'attendait autant que par le manque de sommeil. Elle et Dimitra avaient passé la nuit à imaginer les diverses situations auxquelles elles pourraient être confrontées. Au pire, c'était une expulsion immédiate qui les attendait, assortie d'une séparation, si le métropolite ordonnait leur transfert dans deux monastères différents. Au mieux, une accumulation de travaux pénibles et, pour Clio, l'interdiction permanente de retourner chez Odile.

Andonìa la regarda furtivement, baissa les yeux, et toutes deux restèrent silencieuses durant quelques instants, chacune fuyant le regard de l'autre. Ce qu'Andonìa allait demander à Clio la mettrait, elle, higoumène du monastère de Saint-Spyridon, dans un état de totale dépendance. Elle en était consciente. Mais elle avait pris sa décision :

— Je voudrais que tu me photographies.

Lundi 12 octobre, 21 h 30,
dans la cellule de l'higoumène

— Je fais d'abord quelques portraits, si vous êtes d'accord, dit Clio.

La perspective de révéler à cette enfant, ou pire encore, à l'œil de cet appareil photo, un visage qu'elle cachait à moitié, un corps qu'elle reniait, l'idée d'affronter trente ans de soumissions, de dévoiler des fantasmes refoulés à coups de mutilations qui voulaient réduire ce corps au silence et qui étaient contraires au message du Christ, tout cela lui apparut soudain d'une difficulté insurmontable.

De nouvelles pensées vinrent la hanter. Si la volonté du Seigneur était d'honorer les corps, si souffrir inutilement Lui semblait dérisoire, quel sens avait leur accoutrement ridicule ? Fallait-il qu'elles subissent jour et nuit des vêtements qui étaient, en eux-mêmes, un châtiment ? N'incarnaient-ils pas, déjà, la première mutilation ?

Elle secoua la tête, les yeux baissés :

— Je ne sais pas si c'est le bon jour.

Clio l'observa :

— Vous avez un visage d'une grande noblesse. Vos portraits seront magnifiques.

Andonìa leva les yeux vers elle. Trente ans, trente et un ans exactement, que personne ne lui avait fait un commentaire aimable sur son physique.

Clio avait choisi le Rolleiflex pour une raison précise. L'appareil l'obligeait à baisser les yeux en direction du boîtier, et cela permettait à l'higoumène de ne pas se sentir scrutée de manière aussi directe que si elle avait utilisé l'Alpa.

Sans plus attendre, elle approcha le Rolleiflex à trente centimètres à peine du visage d'Andonìa. Elle l'avait réglé sur un diaphragme ouvert à deux et à une vitesse d'obturation d'un dixième de seconde. Le film était de 800 ASA.

— Le temps de pause sera long, à cause du manque de lumière. Si vous bougez, l'image sera floue.

Les yeux sur l'écran, elle dit « maintenant », appuya sur le déclencheur, chercha le regard d'Andonìa, et les deux femmes restèrent ainsi accrochées l'une à l'autre durant quelques secondes, conscientes que ce qui venait de se dérouler avait créé entre elles un lien d'une grande force que rien, jamais, ne pourrait effacer. Toutes deux sentaient aussi que ce lien, né sous la lumière douce d'une lampe à huile, avait un caractère sacré.

— Je voudrais en faire une autre, dit Clio après un long silence. Sans votre voile.

Andonìa resta figée. Debout, le Rolleiflex à la main, Clio attendit. Une longue minute s'écoula. Andonìa leva les bras et ôta les deux pinces à cheveux qui maintenaient son voile. Elle était la seule, parmi toutes les moniales du monastère, à avoir gardé sa chevelure. Elle était d'un noir ébène, abondante, tenue en un chignon qui lui donnait de la majesté. Depuis qu'elle avait été promue higoumène, elle ne coupait ses cheveux que lorsqu'ils étaient trop abondants pour rester cachés sous son voile. Sa façon de rester dans la vie. Ne disposant pas de miroir, elle les cachait au jugé.

À l'instant où elle leva son regard vers Clio, celle-ci n'hésita pas :

— Maintenant, fit-elle en appuyant sur le déclencheur.

Elle posa le Rolleiflex sur le lit, sourit :

— Elle sera magnifique. On continue ?

— Non, souffla Andonìa.

— Demain, alors ?

— Oui, demain. Viens à la même heure.

Il lui fallait prier, réfléchir. Comprendre ce qui lui arrivait. Relire l'Épître. Prier encore :

— Pas demain. Après-demain.

Dans la cellule de l'higoumène,
12 octobre, à 23 h 00

Étendue sur son lit, Andonìa s'imagina nue. Du bout des doigts, elle effleura son ventre, sa poitrine, ses jambes, ses cuisses... L'objectif de Clio la saisirait pour toujours, telle qu'elle était à cet instant. Vivante. Peut-être même désirable... Cela faisait trente et un ans qu'elle cachait son corps comme une maladie honteuse.

L'esprit en feu, elle ressentit une folle impatience de se retrouver devant Clio. Dans la seconde qui suivit, inondée de honte, elle quitta le lit, se signa trois fois, s'étendit à même le sol, et, front contre terre, récita cent fois sa prière du Cœur :

« Seigneur Jésus-Christ, fils de Dieu, aie pitié de la pécheresse qui s'adresse à Toi. »

Elle resta longtemps ainsi, les bras en croix, avant de regagner le lit. Elle dirait à Clio de ne pas revenir. De cesser entièrement cette activité pécheresse. À défaut, elle serait expulsée. Et quiconque se ferait photographier subirait le même sort.

Elle s'étendit et, très vite, d'autres pensées l'assaillirent, qui mirent à mal tant de certitudes. Que disait l'Épître aux Corinthiens, sinon qu'elle s'était trompée ? Qu'emportée par sa vanité, elle avait trahi le Seigneur ? Son goût de dominer ces malheureuses moniales, pour la plupart à peine capables de lire trois lignes du Texte, avait pris le pas sur sa foi.

Durant trente et un ans, elle les avait conduites au péché. Elle avait trahi le Christ, comme elle les avait trahies, elles. Sans parler de celles qui n'avaient pas supporté la dureté qu'elle leur avait imposée et s'étaient résolues à quitter la vie terrestre.

Comment obtenir le pardon ?

Mains agrippées à sa croix et serrées sur sa poitrine, les yeux fermés pour marquer le respect, elle l'interpella : *Montre-moi, Seigneur, le chemin qui mène à Toi.*

Mais rien n'y fit. À nouveau elle eut l'esprit en feu, se voyant en train de se dénuder avec fébrilité. L'instant d'après, elle se recoucha à même le sol, le front contre terre, et répéta cent fois :

Par pitié, Seigneur, détourne Ta face de ma faute. Enlève tous mes péchés. Crée en moi un cœur pur.

Qu'est-ce qui était le plus proche du message christique ? Mutiler son corps ou l'honorer ? Pourquoi les quatre évangélistes avaient-ils donné chacun une version différente de la Résurrection, sinon pour dire à chaque chrétien qu'au-delà de leurs mots, la Résurrection du Christ, c'était la vie ! Qu'il fallait l'honorer ! Qu'à chaque instant elle recommençait ! La vie qu'elle avait voulu nier.

Durant toute la nuit jusqu'à l'heure des matines, l'esprit d'Andonìa subit la torture du doute autant que le plaisir de sa libération, priant, psalmodiant, ne sachant plus quelle voie choisir.

Au moment de quitter sa cellule, elle se signa trois fois et s'agenouilla, face contre terre, décidée à donner suite à l'invitation de Clio, tout en suppliant le Christ :

Montre-moi, Seigneur, le chemin qui mène à Toi.

Dimanche 18 octobre, 22 h 00,
dans la cellule de l'higoumène

La séance de photographie s'était déroulée dans une sérénité parfaite. Clio avait pressé l'obturateur dix-huit fois. Odile avait choisi quatre prises, deux portraits et deux photos du corps.

— Je vous les montre une à une, dit Clio.

Le regard apeuré, Andonìa approuva d'un petit geste de la tête.

Clio lui tendit un portrait très cadré qui la montrait coiffée de son voile, les yeux baissés :

— Qu'en pensez-vous ?

Les yeux sur la photo, Andonìa ne broncha pas. Elle était magnifique.

Clio attendit, la photo toujours en main. Une minute plus tard, elle la fit glisser sous la pile et dévoila la suivante. On y voyait Andonìa de profil, voile ôté, les yeux toujours baissés. Une grande beauté classique.

Clio attendit à nouveau, les yeux sur l'higoumène :

— On passe à la suivante ?

Elle laissa s'écouler une quinzaine de secondes, glissa l'agrandissement sous la pile et dévoila la troisième photo. Andonìa y apparaissait nue, de dos, les cheveux étalés jusqu'à la taille. Le cadrage partait de la nuque et laissait deviner le haut du fessier.

Andonìa se mit à respirer par à-coups :

— Vous êtes splendide, dit Clio.

C'était vrai. Andonìa avait un corps mince, presque maigre, le bas du dos ingrat, un bassin étroit, des cuisses trop fines. Mais Clio avait pris au format six par six cadré ce qu'Andonìa avait de plus beau.

— Mes cheveux…

— Vos splendides cheveux, dit Clio. Et j'ai réservé la plus belle pour la fin.

Elle rangea la photo derrière les trois autres :

— *Pio oréo sóma then ipárhi,* il n'y a pas plus beau corps.

Le cadrage partait du cou et s'arrêtait à la taille, la main droite d'Andonìa, portant à l'annulaire la bague qui symbolisait son mariage au Christ, était posée sur son sein droit, les doigts écartés laissant apparaître le mamelon, le seul signe qui lui permettait de s'assurer, de se convaincre, malgré l'inimaginable, qu'il s'agissait bien d'elle, la marque, aussi, du lien à l'Esprit saint. À la fois d'une sensualité vertigineuse et d'une spiritualité éblouissante, la photo montrait une poitrine débordant un buste étroit avec, en son milieu, le symbole du mariage sacré entre le corps et l'âme.

Andonìa resta figée durant quelques secondes, les yeux rivés à la photo, puis se cacha le visage. Clio lui entoura l'épaule de son bras et elles restèrent ainsi quelques instants, immobiles. Enfin, Andonìa s'étendit,

Clio fit de même et posa la main sur la taille de l'higoumène, qui lui tournait le dos.

— Tu as bouleversé ma vie, dit Andonìa.

Clio l'embrassa sur la tempe, déposa les quatre agrandissements sur le lit et quitta la cellule.

Lundi 19 octobre, vers 08 h 00, chez Odile

Comme chaque matin, Odile prit son premier café face à la photo qui montrait Pénélope en compagnie de Petros. Elle en avait fait mille fois le tour, bien sûr. Mais elle s'y accrochait. Un détail lui aurait-il échappé ? Et que faire d'autre, du reste, si ce n'est scruter cette photo, jour après jour, pour y chercher un signe ?

Où es-tu, mon enfant adorée ? De quoi suis-je fautive pour que tu me fuies ainsi ?

Elle resta longtemps les yeux sur la photo, n'y trouva rien qu'elle n'ait vu déjà, quitta le banc et se rendit à l'atelier pour choisir quelques clichés. Clio avait réussi un tour de force. En une poignée de prises, elle racontait le désarroi de l'higoumène et son humanité contrariée. La plupart auraient mérité un agrandissement.

Dimanche 25 octobre, vers 19 h 30,
dans le bureau de l'higoumène

Chaque dimanche en fin de journée, Andonìa recevait les moniales. Trois d'entre elles s'étaient présentées ce jour-là.

— Que se passe-t-il ? demanda Ioanna à Andonìa, la dernière ayant à peine quitté la pièce.

Elle trouvait son attitude déroutante. Presque permissive.

L'higoumène plongea ses yeux dans ceux de Ioanna :

— Sommes-nous fidèles à la volonté du Seigneur ?

Ioanna la regarda, décontenancée.

Le Christ était-il mort sur la Croix pour qu'elles oublient le don qu'Il leur avait fait de Sa vie ? Pour qu'elles méprisent leur corps et le malmènent, dans l'illusion que cela les rapprocherait de Lui, alors qu'elles ne faisaient que singer sa Passion à peu de frais ?

Ioanna fut incapable de réagir. L'higoumène avait-elle perdu la raison ? Que s'était-il passé dans sa tête pour qu'elle balaie ainsi tout ce qui faisait sa vie ?

— Se mutiler, poursuivit Andonìa, c'est rejeter le cadeau de la vie. C'est le mépriser. Quelqu'un t'offre des fleurs, et voilà que tu te mets à leur arracher les pétales, devant lui. Que penserait-il de toi ?

Ioanna continuait de la regarder, bouche bée.

— Tu te demandes si je suis devenue folle ? Je crois au contraire que je commence à saisir notre vérité de croyantes. Je dois demander pardon de vous avoir menées sur le chemin des souffrances et du péché. Un pardon que je ne mérite pas.

Elle regarda longuement Ioanna dans les yeux avant d'ouvrir le tiroir central de son bureau et d'en retirer les quatre photographies que lui avait laissées Clio.

Les yeux ébahis, Ioanna les examina l'une après l'autre, muette devant les deux portraits, incrédule face aux agrandissements qui représentaient Andonìa nue.

Elle repassa trois fois les photos en revue, lentement.

Enfin elle leva les yeux vers Andonìa :

— C'est toi ?

L'higoumène hocha lentement la tête.

— Les nus ?

— Les nus aussi. Mon corps n'est pas une maladie honteuse ! Et le tien non plus !

Le bon Dieu les avait faites femmes. Elles étaient autre chose qu'un corps malmené que personne ne touchait :

— J'avais jusque-là pensé qu'en me comportant en gardienne de prison, je célébrais le Seigneur. C'est le regard de Clio qui m'a permis de me ressaisir. Ses photos m'ont aidée à voir mon corps comme un don du Ciel que je devais cesser de malmener. Sans attendre. Clio y a trouvé de belles choses. À tout moment je pourrai regarder ces photos et me dire : j'ai été cette femme. Je l'étais à l'instant où la photo a été prise, un instant gravé pour toujours. Je suis cette femme. Et toi aussi, tu es une femme, Ioanna. Tu es un corps. Tu es la vie. Tu comprends ? Tu es la vie !

Elle regarda Ioanna intensément :

— La Résurrection, c'est la vie, tu entends ? La vie !

Ioanna resta quelques instants les yeux dans ceux d'Andonìa, puis à nouveau examina les quatre photos, lentement.

— Je ne savais pas que tu avais de si beaux cheveux, dit-elle enfin.

Elle laissa passer un court silence, puis ajouta :

— De beaux seins, aussi.

25 octobre, vers 22 h 00,
dans la cellule de Ioanna

Ainsi, se disait Ioanna, Andonìa avait dévoilé son corps… Les arguments religieux ne pouvaient pas seuls expliquer une telle audace. Il devait y avoir d'autres envies, plus irrésistibles qu'un raisonnement théologique, d'autres pulsions, qui la renvoyaient, elle, Ioanna, à ses propres ténèbres.

Depuis qu'elle était entrée au monastère, ses démons étaient devenus moins bavards. Comme s'ils avaient acquis une sorte de savoir-vivre. Mais ils restaient en embuscade.

« *Kátsé íssiha.* » Tiens-toi tranquille. Quel âge pouvait-elle avoir, la première fois qu'elle avait entendu ces mots ? Dix ans ? Neuf ? Onze ? La honte à table, dans la rue, à la messe… Le dégoût de soi. Un corps sale de partout. « *Kátsé íssiha.* »

Le monastère, c'était le salut. La muraille protectrice. Plus de père, plus de frères. Plus de « Tiens-toi tranquille ». Mais le corps demeurait sale et honteux.

Quand il s'était agi de partager une cellule avec une autre moniale, elle avait demandé à Andonìa de lui attribuer celle de la plus simple d'esprit. Elle, au moins, ne pourrait pas la deviner.

Lundi 26 octobre, vers 15 h 00,
au réfectoire du monastère

— Tu voulais me parler…

Clio avait chuchoté ces mots, histoire de pousser Ioanna à la confidence.

— J'ai vu les photos que tu as faites de notre higoumène, reprit Ioanna dans un souffle.

Elle laissa passer un silence, avant de poursuivre, les yeux baissés. Elle vivait avec un corps sale. Il y avait des périodes de sa vie où son dégoût s'apaisait, et sans doute les mutilations y étaient-elles pour quelque chose. Une façon de lui rendre la monnaie de sa pièce. De se venger de lui. Mais la honte finissait toujours par revenir et faire rendre gorge à l'apaisement. Son corps ne pourrait jamais en être lavé complètement :

— Je voudrais pouvoir, un jour, vivre en paix avec lui.

Clio la regarda avec intensité : son corps n'était pas son ennemi. C'était un frère majestueux. Si elle-même avait subi, c'est qu'il avait subi, lui aussi. Il méritait d'être consolé et honoré.

Elle se dirigea vers la porte du réfectoire et se retourna, pensive :

— Tu es inquiète ?

— Ce que tu viens de me dire est très beau.

Clio resta silencieuse. Peut-être que la photographie l'avait obligée à prendre de la distance. Et en même temps à se rapprocher des autres. Elle ne les voyait plus de la même façon.

Vendredi 13 novembre, 11 h 30,
chez Odile

À la manière dont Ioanna s'était laissé photographier trois semaines plus tôt, Clio avait compris que la vie à Saint-Spyridon allait se métamorphoser.

Ioanna avait ôté ses vêtements sans flancher et la séance s'était déroulée en un rien de temps. La première photo la montrait de dos, de la taille jusqu'à mi-cuisse. Les siennes étaient massives, rondes, d'une sensualité désemparante. Sur la deuxième et la troisième photo, elle apparaissait couchée sur le flanc, d'un côté puis de l'autre, un bras cachant un sein. Enfin, Clio avait cadré la quatrième sur la poitrine, trop lourde aux yeux de Ioanna, qui insista pour la couvrir de ses mains, doigts resserrés, de façon à cacher ses mamelons, larges et sombres.

Deux jours plus tard, lorsque Clio lui remit les agrandissements, elle fourra les photos dans la grande poche de sa robe et se dépêcha de retourner en cellule pour les regarder à son aise.

Elle découvrit un corps puissant, beau aussi. Harmonieux. Un corps comme ceux que l'on imagine en lisant la vie des reines de Babylone. Ces seins, ce fessier, ces cuisses étaient les siens.

Elle pleura longtemps, apaisée. Elle avait retrouvé l'honneur de son corps. Lorsqu'une heure plus tard, elle vit apparaître Stephanìa, elle se dit qu'il était de son devoir de lui montrer ses photos.

*

Le soir, en quittant le réfectoire, elle glissa à Clio : « J'aimerais que tu photographies ma compagne de cellule. »

La séance avec Stephanìa eut lieu le soir même dans sa cellule. La présence de Ioanna ne sembla pas la gêner. Elle se dénuda et posa avec naturel. Lorsque trois jours plus tard elle reçut ses photos, elle les montra à deux autres moniales. Qu'elle, Stephanìa, la simple d'esprit, pure parmi les pures, ait accepté d'être ainsi photographiée, eut au sein du monastère un effet détonateur. En quelques semaines, à l'exception de trois ou quatre moniales, chacune voulut sa photo. Au début, la demande se limitait souvent à un portrait. Au fil des jours, alors que des photos de moniales dénudées circulaient, le goût de retrouver son corps fit tache d'huile. La manière franche, souvent chargée de dérision, avec laquelle les demandes lui étaient faites n'en finissait pas d'étonner Clio.

À celles qui s'inquiétaient de voir s'évanouir une sérénité durement acquise, Clio répondait que leur corps appartenait au Christ, que s'Il avait enduré l'infamie de la Croix, c'était précisément pour éviter qu'elles aient à subir ces douleurs à leur tour, et qu'Il ressentirait chaque instant de bonheur qu'elles vivraient.

Les moniales se découvraient avec un étonnement mêlé d'humour. On aurait dit que leurs imperfections les rassuraient. Elles se passaient leurs photos, riaient des autres autant que d'elles-mêmes. Tout défaut était sujet à tendresse. Elles devaient s'aimer telles que Dieu les avait faites. Le souci de cacher avait laissé place à la joie de se découvrir, à soi-même comme à autrui. Un mot avait pris au sein du monastère : la Révélation, c'était le Dévoilement. En grec : l'Apocalypse… Le début d'une ère nouvelle. En l'espace de quelques semaines, toutes cessèrent de se mutiler. L'atmosphère de Saint-Spyridon se transforma. La gaieté, la solidarité, la joie de vivre, la fraternité prirent le dessus. La lourdeur céda la place à la légèreté. Les comportements se modifièrent en profondeur. Le temps des repas n'était plus empreint de tristesse et de componction. Comme par miracle, la nourriture avait meilleur goût. Les psaumes s'élevaient avec une puissance jamais ressentie. Les moniales chantaient avec un engagement nouveau. Elles se regardaient, s'épiaient, voulant être sûres d'attaquer la note au même instant. D'un geste de la main, d'un mouvement de tête, elles se donnaient la mesure. Les prières étaient récitées avec une ferveur nouvelle. Jamais elles ne s'étaient senties si proches du Christ. Leur foi s'était renforcée.

Un dimanche, après la messe, Andonìa les invita toutes à se joindre à elle pour une promenade en bord de mer. Au retour, elles se mirent en cercle autour de l'higoumène et l'applaudirent.

L'habitude fut prise. Chaque dimanche, elles quittaient le monastère, qu'il pleuve ou qu'il vente, se rendaient en bord de mer, où, dans la joie, elles ôtaient leurs bas et marchaient pieds nus sur le sable, là où l'eau n'était profonde que de quelques centimètres, retrouvant chaque fois les mêmes plaisirs simples, notamment quand leurs pieds épousaient le granulé du sol ou fouettaient la mer. On se donnait la main. Des amitiés se nouaient. Une atmosphère simple et joyeuse comme il en règne dans l'enfance avait envahi le monastère. « Tu nous as réveillées », glissa l'une des moniales à Clio en la croisant un jour au réfectoire. « Tu nous as apporté la joie de vivre », ajouta une autre.

Samedi 28 novembre, arrivée à Paris

À peine Odile eut-elle franchit la porte de l'immeuble que la concierge se précipita sur elle et l'embrassa :

— Alors ?

— Toujours rien, répondit Odile.

Josiane l'invita à s'asseoir dans sa loge, le temps d'un café :

— C'est décidé, vous nous quittez ?

Elle regardait Odile, l'air désolé.

— Je dois mettre de l'ordre dans mes affaires.

Trois semaines plus tôt, elle avait envoyé un mot à la concierge, qui se terminait par ces lignes :

Il n'y a plus d'enquête. Je veux rester sur place jusqu'à ce que l'on sache ce qu'il est advenu de Pénélope. En attendant, mon studio perd chaque jour de sa valeur et j'ai décidé de le céder.

La concierge de la rue de Mézières n'est pas des plus commodes. Je la comprends, mes clients, c'était du va-et-vient.

Auriez-vous la gentillesse d'aller la voir et de lui expliquer la situation ? Elle n'est sans doute pas au courant, pour Pénélope.

Je voudrais qu'elle accole à la porte de sa loge un avis rédigé comme suit :

Atelier photographique
À céder
S'adresser à
Josiane Piron, concierge
14 rue du Val-de-Grâce
Tél. : POR-8989

Je me suis permis d'indiquer votre numéro de téléphone. Je viendrai à la fin du mois, vous me direz ce qu'il en est.

Merci de tout cœur.
Je vous embrasse,

Odile Lang

— Il y a eu un seul appel, dit Josiane, un certain monsieur Boniface. Il m'a laissé un numéro. Si vous le souhaitez, nous pouvons lui téléphoner de suite.

Elle avait quitté son appartement en coup de vent à l'annonce de la disparition, lorsque tout était encore possible, un coup de foudre, une fugue, un mouvement d'humeur… Où trouver le courage, maintenant, de pénétrer dans la chambre de Pénélope ? Il lui fallait d'abord retrouver ses esprits.

Au décès d'André, mort à son bureau de la Sorbonne, elle était allée s'asseoir à sa table de travail et y était restée durant des heures, essayant de toutes ses forces de capter ses pensées. Fallait-il qu'elle aille dans celle de Pénélope faire de même ? Comme si elle était morte ? Elle décida que non.

*

Une fois dans son appartement, elle défit ses bagages, se déshabilla, s'étendit sur son lit et s'endormit profondément, rompue par les nuits sans sommeil et l'émotion. Une heure plus tard, elle se réveilla, les yeux grand ouverts, se rendit dans la chambre de Pénélope, s'étendit sur son lit et huma les draps. Ses pensées la ramenèrent à André. Elle l'avait aimé sans discernement. Même les gestes de tendresse qu'il avait pour Pénélope l'irritaient. Au fond, elle n'avait su aimer ni l'un ni l'autre.

Elle ne valait pas mieux que les moniales qui, pour s'approcher du Christ, perdaient tout sens des réalités. Sans doute pensaient-elles qu'aimer à la folie était une preuve de fidélité, lorsque ce n'était que de la complaisance.

Dimanche 29 novembre à Paris

Odile attendit neuf heures avant de sonner chez la concierge.

— Tenez, lui dit Josiane Piron en lui tendant un petit feuillet, tout est là.

— Paul Boniface, vous êtes sûre ?

Odile le connaissait de nom. Boniface était l'un des rares galeristes parisiens qui consacraient des expositions à la photographie d'art. Ils se fixèrent rendez-vous pour le jour même, en fin d'après-midi.

*

Le studio d'Odile ne convenait pas à Paul Boniface. Il était trop petit, d'un loyer trop élevé, et la reprise qu'elle en voulait lui semblait exagérée.

Alors qu'il se dirigeait vers la sortie, son regard tomba sur une pile de photos :

— Voilà qui m'a l'air curieux… Vous permettez ?

C'étaient les agrandissements des photos prises par Clio.

Il saisit celle du haut de la pile :

— Qu'est-ce que c'est que ça…

La photo montrait le torse de l'higoumène, un téton pris entre deux doigts. Sur le coin supérieur gauche, on pouvait voir un crucifix.

— Vous permettez ?

Il examina une seconde photo, passa à la suivante, et pour finir les regarda toutes, de plus en plus étonné.

Il leva les yeux vers Odile :

— Vous me racontez ?

— Je veux bien, après que vous m'aurez dit ce que vous en pensez.

Malgré quelques facilités sur le plan artistique, ces photos avaient un caractère exceptionnel. Elles réunissaient l'émotion, la sensualité, la transgression, le mystère… Elles pouvaient prétendre à un succès commercial éclatant. Qui en était l'auteur ?

— Une jeune orthodoxe qui vit en monastère, sur une île perdue.

Une femme, en plus… Quel appareil ? Rolleiflex et Alpa.

Il eut une moue approbatrice :

— Impressionnant. Si vous en êtes d'accord, je vous organise une exposition avant l'été.

Odile resta interloquée. Ce n'était pas ce qu'elle attendait. Et la question n'avait jamais été évoquée avec Clio.

— Vous me garantissez l'anonymat ?

— Il me faut un répondant. Si vous acceptez d'être commissaire de l'exposition, nous dirons : « auteur anonyme ». Cela ajoutera au mystère.

Jeudi 24 juin 1954, vers 21 h 00, au réfectoire du monastère de Saint-Spyridon

— Nous nous retrouverons ici après complies.

Andonìa avait usé d'un ton qui rappelait l'austérité des jours anciens, lorsque les claudications étaient la norme et les sourires rares.

Les moniales se regardèrent, l'air inquiet. La règle voulait qu'aux complies succède le grand silence, l'*Apodeipnon*, jusqu'à l'office des laudes du lendemain. Pour que leur higoumène décide de la violer, le motif devait être grave.

Lorsqu'elles se retrouvèrent au réfectoire, Andonìa commença par raconter la vie à Saint-Spyridon au temps de son arrivée :

— Chassés par les Turcs, la plupart de nos compatriotes d'Asie Mineure choisissaient de s'établir à Athènes, dans l'espoir de voir un jour leur condition ressembler à celle qui était la leur à Constantinople ou à Smyrne. Ils s'installaient à *Néa Smýrni*, la Nouvelle-Smyrne, une banlieue créée par eux, ou au Pirée. Mais certainement pas à Saint-Spyridon, à un jet de pierre des côtes de ceux qui nous chassaient du pays de nos ancêtres.

Personne ne voulait du voisinage des Turcs, fût-ce sous la protection d'un monastère aussi merveilleux que celui qu'elles avaient choisi. Trente ans plus tôt, une cellule sur trois était vide.

Les moniales la regardaient sans comprendre. Où voulait-elle en venir ?

— Arriva la guerre, poursuivit Andonìa. Cinq années de misère, suivies par quatre autres de guerre civile et de plus de misère encore, si c'était possible. Notre monastère s'est rempli, d'abord d'une moniale par cellule, puis de deux, dans une cohabitation de grand inconfort. Dès la fin de la guerre civile, j'ai adressé une demande à notre métropolite, le priant de favoriser la construction d'une annexe en contrebas de notre bâtiment principal, qui permettrait à chacune de bénéficier d'une cellule individuelle, comme l'exige notre règlement. J'ai eu ce matin la visite de notre métropolite. « Je viens vous annoncer une bonne nouvelle, m'a-t-il dit. Vous l'aurez, votre annexe. »

Un ancien de l'île, émigré aux États-Unis, laissait au monastère un héritage conséquent. Il revenait au métropolite d'en faire bon usage au bénéfice de Saint-Spyridon.

Les mots de l'higoumène furent suivis d'un silence atterré. Plusieurs moniales se couvrirent le visage des mains. Elles ne seraient plus à deux par cellule… Plus d'émotions partagées, de confidences, de fous rires… La fraternité nouvelle qui marquait le monastère survivrait-elle à ces séparations ?

Clio chercha le regard de Dimitra. Elle aussi était dans le désarroi.

— Le métropolite s'est dit surpris par mon manque d'enthousiasme, poursuivit Andonìa. Je lui ai répondu que, dans la recherche permanente de l'humilité qui doit nous animer, le léger inconfort d'être à deux par cellule était peu de chose, par comparaison au sacrifice consenti par notre Seigneur.

À nouveau il y eut un silence.

— Peut-on surseoir ? risqua une voix.

— Les photos prises par notre sœur Clio, pleines de la douceur qu'elle a su mettre dans son regard, nous ont ramenées à la vie. Nous avions oublié que nous avions un corps, elle nous l'a rendu. Elle nous a aussi appris à saisir l'instant, qui dans notre langue se dit *stigmi*, stigmate, mot sacré qui désigne les marques infligées à notre Seigneur sur la Croix, les blessures qu'Il a subies pour que nous n'ayons pas à les subir à notre tour… Vivons le bonheur offert par la Grâce de Dieu à cet instant de notre vie, sans chercher à nous l'asservir, voilà ce que nous disent les photos de notre sœur. Que cette joie de vivre ne nous soit pas garantie, voilà qui lui donne toute sa beauté. Ne soyons pas des fonctionnaires du bonheur. Il ne tarderait pas à nous tourner le dos.

— Et sinon ? insista la même voix.

Andonìa eut un geste d'impuissance. Toutes les moniales présentes avaient fait serment de fidélité au Seigneur. Seule la mort pouvait l'interrompre :

— Ces derniers mois, votre lien avec le Christ s'est paré d'une intimité jamais ressentie. Il s'est enrichi d'une tendresse nouvelle. Est-ce le moment de choisir la voie de l'apostasie ?

Elle laissa passer quelques instants de silence :

— Les photos de notre sœur nous ont enseigné une chose. Aimer le Christ, c'est être fidèle à soi-même autant qu'à Lui. Allez, maintenant.

TROISIÈME PARTIE

Un an plus tard

Samedi 25 juin 1955,
rue du Val-de-Grâce, Paris

Peu après huit heures du matin, Odile quitta la maison et prit en direction du boulevard Saint-Michel.

« Il y aura quelque chose dans *Le Figaro* de samedi », lui avait dit Paul Boniface l'avant-veille. Il avait ajouté : « Un article d'André Warnod, celui qui tient la *Tribune des Arts*. Nous avons fait le tour de l'exposition ensemble. »

Au kiosque situé à l'angle du boulevard Saint-Michel, elle acheta *Le Figaro* et le glissa dans son sac. Elle l'ouvrirait chez elle.

Elle n'avait pas fait dix pas qu'elle s'arrêta, déplia le journal et, son sac en bandoulière, chercha nerveusement la rubrique des arts. Rien. Elle le feuilleta à nouveau, moins vite, et repéra l'article en page sept :

Un choc

C'est une exposition hors du commun que nous propose, jusqu'au 13 juillet, la galerie Paul Boniface. Elle est intitulée Apocalypses, *ce qui en grec veut dire* Dévoilements, *et réunit quelques portraits et de nombreux dévoilements (pour dire les choses plus crûment, des nus) dont les modèles, exclusivement féminins (des nonnes, à l'évidence), ont été photographiés en milieu monastique (les crucifix qui apparaissent çà et là ne laissent aucun doute à cet égard). D'une sensualité troublante, ces photos nous font perdre pied, par l'interdit et le mystère qu'elles dégagent. On s'interroge. Ne sont-elles pas blasphématoires ? Contraires aux vœux d'humilité de toute vie consacrée ? Pourquoi, sinon, avoir gardé l'anonymat de la photographe ? Nous usons du féminin, tant nous n'imaginons pas un homme dans un tel milieu. Mais si l'on ressort de la visite secoué, et même choqué, on n'en est pas révolté pour autant. Car l'immense mérite de la photographe est d'avoir rendu compatibles un amour délicat du corps féminin, aussi imparfait soit celui-ci (selon nos bien pauvres critères, nourris de réclames tapageuses), avec une vision de la vie qui nous ramène à l'essence, c'est-à-dire à la Création. Osons le dire, malgré leur aspect licencieux, ces photos chantent la joie de vivre. Qui est cette mystérieuse photographe ? Où ces clichés ont-ils été pris ? « Je suis tenue au secret », nous a déclaré Odile Lang, la commissaire de l'exposition. Il arrive souvent qu'un photographe médiocre étale son nom. Pour une fois c'est l'inverse : la galerie Boniface expose des chefs-d'œuvre, et son auteur nous est inconnu. Saluons ce mystère.*

Odile baissa les bras et resta au milieu du trottoir, les yeux dans le vague.

Lundi 4 juillet, île de Saint-Spyridon,
vers 08 h 00, dans le bureau du maire

Debout, les traits défaits, Aristidis secouait la tête, incrédule devant le spectacle qui s'offrait à lui : assis tête baissée, terreux de la tête aux pieds, Petros sanglotait.

Quelques minutes plus tôt, le maire avait appelé le cafetier :

— Viens vite, mon Yorgos, s'il te plaît, je suis à mon bureau.

— Je fais trois cafés et j'arrive.

— Oublie tes cafés et viens de suite.

À peine Stamboulidis avait-il ouvert la porte qu'Aristidis quitta son fauteuil et le serra dans ses bras :

— Le malheur nous accable, mon Yorgos.

— Quel malheur ? De quoi me parles-tu ? Et celui-là, qu'a-t-il à sangloter ?

Le maire tira deux chaises, fit asseoir Yorgos, prit place à son côté, et s'adressa au garçon :

— Vas-y. Raconte.

Petros secoua la tête.

— Raconte, bon sang !

Ce fut à nouveau sans succès.

— Que veux-tu que je te dise ? fit Aristidis, écartant les bras en signe d'impuissance. Ton fils Lakis est mort, *Yorgomou.*

L'homme le regarda sans comprendre.

Le téléphone se mit à sonner. Le maire de Kos retournait un appel.

— Envoie le zodiac avec un policier, lui dit Aristidis. J'ai un prisonnier à te confier. Et ajoute un homme-grenouille, il y a un corps à récupérer.

Il s'adressa à Petros, haussant la voix :

— Si tu ne racontes pas, c'est moi qui le fais.

Le garçon sanglota de plus belle.

Il posa la main sur celle de Yorgos :

— J'aurais donné ma vie pour ne pas avoir à te révéler ce qui s'est passé la nuit du 28 août, il y a de cela deux ans, sur notre malheureuse île.

Ils étaient d'abord deux à la maison de la Française, Petros et Pénélope. L'humeur était joyeuse, le temps doux, et les verres de résiné se vidaient un peu trop vite. Lakis les avait rejoints à la fin de son service, peu après dix heures du soir. D'autres bouteilles de résiné furent ouvertes. Arrivé le dernier, le policier était le plus sobre des trois. Il s'étendit à côté de Pénélope, se pencha sur elle et l'embrassa. Elle semblait consentante. Petros s'éclipsa dans la maison, peu habitué à une telle intimité. Très vite, il l'entendit crier : « *Óhi ! Óhi ! Stamáta !* Non ! Non ! Arrête ! » « Toi arrête ! », hurla Lakis en retour. « Il va nous entendre ! » « Il », c'était Vassilis, le pêcheur, dont le caïque se trouvait à quelques encablures. Pour sûr que les cris de Pénélope arrivaient jusqu'à lui. Couché sur elle, Lakis criait : « Mais tais-toi ! Tais-toi. » Pénélope se débattait, continuant de hurler. Petros accourut et vit Lakis la serrer à la gorge en y mettant toute sa force. Elle cessa très vite de se débattre, étouffée.

Yorgos secouait la tête, sans voix. Le maire reprit son récit. Ils avaient transporté Pénélope jusqu'à la forêt de pins située en contrebas du monastère, où ils l'avaient enterrée. Deux ans avaient passé. Voilà quinze jours, ils apprennent qu'une annexe du monastère va être construite sur la parcelle qui englobe le lieu de sépulture de la pauvre fille... Rien n'aurait pu prouver, à deux ans de distance, qu'ils étaient les responsables de la mort de Pénélope. Si ce n'est un détail... Un rien, qui, accablant l'un, aurait mené à l'autre. Creusant à mains nues pour cacher le corps de Pénélope, Petros avait perdu la bague que lui avait offerte l'Américain... Une bague qu'il avait portée avec ostentation pendant des années, connue de chacun, il n'y en avait pas de semblable dans toute l'île. La découverte des restes de Pénélope aurait déclenché une recherche d'indices, la bague aurait été retrouvée et la culpabilité de Petros établie.

La veille, vers onze heures du soir, profitant d'un meltem qui excluait toute présence de pêcheurs, Petros avait jeté l'ancre de son caïque devant la maison de la Française. Lakis et lui s'étaient rendus là où ils avaient enterré la jeune fille deux ans plus tôt et avaient trouvé ses restes, un squelette et des pans d'habit, peu de choses, vu qu'au moment de sa mort, elle était à peine vêtue. Pris par le temps et l'angoisse, ils n'avaient pas cherché la bague. Cela faisait deux ans que Petros ne la portait plus, et la voir soudain réapparaître à son doigt aurait déclenché des interrogations.

— Par pitié, supplia Yorgos, me diras-tu où est mon fils ?

— Il est dans la mer, répondit Aristidis. Par trente ou quarante mètres de fond.

Yorgos glissa de sa chaise. Aristidis l'aida à se relever, lui apporta un verre d'eau et attendit qu'il reprenne ses esprits avant de poursuivre son récit.

Après avoir mis les restes de Pénélope dans un sac de toile, les garçons comblèrent le trou du mieux qu'ils le purent, le recouvrant d'aiguilles de pin et de pives. À bord du caïque, ils attendirent d'être à une centaine de mètres du rivage, là où les fonds deviennent très profonds. L'endroit que choisissait Vassilis pour la pêche… Ils nouèrent le sac à l'aide d'une corde dont ils attachèrent l'autre bout à une ancre. Toute trace de Pénélope aurait dû être engloutie en un instant.

Petros, qui se tenait à l'arrière du caïque, jouait du gouvernail pour stabiliser son embarcation du mieux qu'il le pouvait face au meltem. Debout à la poupe, Lakis se saisit de l'ancre et la lança vers le large, y mettant toute sa force, lorsque, au même instant, le roulis du caïque le déséquilibra. L'une des pointes de l'ancre s'accrocha à son vêtement. Il tenta de se libérer en tirant sur la corde, ce qui eut pour effet de la détacher du sac plutôt que de sa chemise, et les restes de Pénélope se dispersèrent dans la mer. Dans l'instant qui suivit, il tomba à la mer, emporté par l'élan de son geste et le poids de l'ancre. Il ne savait pas nager.

— Voilà, conclut Aristidis. Tu sais tout.

Il y eut un long silence.

— Il y a une personne sur cette île qui sait nager.

Petros fut secoué d'un gros sanglot. C'était de lui que parlait Yorgos. Lui, à qui l'Américain avait appris quelques mouvements de brasse. Mais comment, de nuit, plonger en pleine mer pour en sortir un colosse lesté d'une lourde ancre, lorsque l'on sait à peine flotter ?

Aristidis ferma les yeux. Au moins, c'était dit. Il lui fallait encore informer la Française que sa fille ne réapparaîtrait jamais… Et le reste de l'île… Et attendre l'appel de *I Foní tis Ko, La Voix de Kos*. Le journaliste n'allait pas tarder à être mis au courant : un mystère élucidé, un mort de plus qu'il faudrait repêcher Dieu sait où, et les restes de Pénélope dispersés au fond des eaux.

Mercredi 6 juillet,
à la pâtisserie d'Aristidis Politis

Aristidis tira le loquet de l'arrière-boutique qui lui servait de laboratoire, se prépara un café très sucré, et s'assit, épuisé. Les épisodes épouvantables se succédaient.

Il y avait eu la visite de Petros, l'annonce du crime de Lakis, celle de sa mort, dont il avait fallu informer son père, l'arrestation du garçon et son transfert à la prison de Kos, puis la récupération du corps de Lakis, son identification, l'appel à la Française, qu'il avait enfin pu joindre chez la gardienne de son immeuble, les explications qu'il avait dû lui fournir en criant presque, pour couvrir ce grésillement qui rendait la conversation inaudible… Avant cela encore, il avait dû prendre l'appel du rédacteur de *La Voix de Kos*, lui-même correspondant local de la *Kathimerini*, le grand quotidien national. La nouvelle de la mort de Lakis allait faire le délice des rédactions à Athènes…

La veille, à l'enterrement du policier, le village entier s'était retrouvé à l'église Saint-Nicolas ou sur le parvis, à écouter l'homélie du père Cosmas. Lakis avait commis un crime, certes, mais les habitants de Saint-Spyridon ne devaient pas abandonner Yorgos, que chacun connaissait et aimait, un brave homme, chassé de Turquie, qui était devenu l'un des leurs et dont le fils avait succombé à la tentation. Car c'était de cela qu'il s'agissait. La tentation du mal... Une tentation qui n'était pas de leur fait. Cosmas ne prononça pas le mot diable, mot banni, qu'il remplaça, selon la tradition, par *Éxo apo'do*, « celui qui est hors d'ici »... La tentation venait d'ailleurs, et celui qui y avait cédé pouvait aller jusqu'à lui demander des comptes... Le prêtre avait eu les mots qu'il fallait pour libérer le village de la faute, et tant pis s'il lui avait fallu, pour cela, inverser les rôles du coupable et de la victime.

Après l'enterrement, ils étaient venus nombreux au café Stamboulidis, où lui, Aristidis, maire d'un village oublié de Dieu, avait tenté de convaincre les siens que si l'honneur de l'île avait été taché, ce n'était pas du fait de l'un des leurs.

Il n'arrivait plus à fermer l'œil. Et rien ne permettait d'espérer que les choses en resteraient là.

Son intuition allait se révéler d'une grande justesse. Une demi-heure plus tôt ce matin, la navette avait apporté *La Voix de Kos*. L'article consacré à la mort de Lakis était accablant. Le journaliste ne se contentait pas de relater les faits. Il dressait un sombre tableau de Saint-Spyridon, dans lequel le sort réservé à une touriste en ferait fuir mille. L'île où régnait depuis toujours un ordre exemplaire venait de connaître un monstrueux dérapage. Une île où la tradition de *philoxénia*, l'accueil de l'étranger, la sacro-sainte tradition grecque, avait été bafouée. Aristidis le savait, l'article serait commenté, l'information reprise par la presse nationale, et le cauchemar allait se poursuivre.

Il aspira la petite écume de son café et s'interrogea. Qu'avait fait sa pauvre île au bon Dieu pour mériter une telle punition ? Une île sous la protection de saint Spyridon, le thaumaturge… Celui qui fait des miracles… Le saint les avait oubliés, voilà tout. Étaient-ils responsables d'un acte coupable ? L'avaient-ils offensé ? Non, bien sûr ! Leur monastère, la fierté de l'île, lui était dédié…

Il but la première gorgée de son café et repensa à sa discussion téléphonique de l'avant-veille avec la Française. Son ton l'avait surpris. Ses mots, d'un calme effrayant, résonnaient encore à son oreille : « Sur la photo, il portait encore sa bague, et après il ne la portait plus. Elle se trouvait aux côtés de ma fille. » Il ne s'était pas senti la force de réagir. Que lui dire ?

6 juillet, vers 16 h 00, rue du Val-de-Grâce, Paris

Yannis Lambrakis s'ennuyait à Paris. Il était arrivé trois ans plus tôt avec l'ambition de préparer une thèse d'État en philosophie, *L'influence des Cyniques sur la pensée des Encyclopédistes*, un sujet si barbant qu'il aurait pu lui valoir un doctorat en anesthésiologie. Son travail n'intéresserait personne, son directeur de thèse se prenait pour Platon et ses amours parisiennes étaient une suite d'échecs. « Tu n'as pas la manière », lui avait dit un ami. Il n'avait pas le physique non plus, il le savait, et pour couronner le tout, il était pauvre, Paris était chère et les petits boulots vraiment petits. Le seul travail digne qu'il avait réussi à décrocher était celui de correspondant parisien de la *Kathimerini*, le grand journal d'Athènes, « un mélange du *Monde* et du *Figaro* », comme il aimait à le dire. Si ce n'est qu'il n'était payé qu'à la pige, et encore… Les sujets qu'il envoyait n'étaient pris qu'une fois sur deux ou trois, souvent réduits et rémunérés à la ligne retenue.

Alors, quand il reçut, en ce début d'après-midi, un télégramme de la rédaction lui ordonnant d'enquêter sur une Mme Odile Lang, photographe, à propos d'une disparition désormais élucidée, il n'eut aucune peine à trouver son adresse et se rendit à son domicile.

Au 14 de la rue du Val-de-Grâce, la concierge le reçut avec gentillesse.

— Elle est repartie en Grèce ce matin, la pauvre dame.

Le destin ne l'épargnait pas. Après la mort de son mari, sept ans plus tôt, voilà qu'elle perdait sa fille... Avait-il vu l'article dans le *Figaro* ? Il devait dater d'une dizaine de jours. Elle l'avait gardé, « si jamais ça vous intéresse... Quelque chose, cet article ! ». Elle l'avait relu vingt fois. Ce n'était pas Mme Lang qui avait fait les photos, mais une gamine de l'île qu'elle avait formée. L'exposition était rue Cassette : « Vous traversez le Luxembourg et vous y êtes. Je vous cherche l'article ? »

À sa lecture, Yannis Lambrakis crut défaillir. Une conclusion s'imposait sans l'ombre d'un doute. Les clichés avaient été pris dans un monastère de l'île de Saint-Spyridon. À sa connaissance, il n'y en avait qu'un, qui portait le nom du thaumaturge. Il tenait un sujet qui ferait du bruit. Beaucoup de bruit... Et qui le nourrirait durant au moins une semaine.

Lundi 11 juillet, vers 13 h 00,
embarcadère de Kos

Alors qu'elle attendait d'embarquer sur la navette, Odile crut reconnaître plusieurs villageois de Saint-Spyridon, sans doute venus à Kos faire leurs achats. Elle chercha leur regard mais ne réussit à établir aucun contact. Cela lui parut bizarre. Ces gens avaient tous connu Pénélope. Ils l'avaient vue grandir. Ils savaient désormais qu'elle était morte. Était-ce parce qu'ils n'avaient pas envie d'entamer une discussion qui les aurait plongés dans la tristesse ? Se sentaient-ils responsables de ce qui était arrivé à sa fille ?

À peine à bord du ferry, ses yeux croisèrent ceux d'un villageois. L'homme lui lança un regard hostile. Elle en resta éberluée. Y avait-il un contentieux entre eux, si ancien qu'elle l'aurait oublié ? Elle scruta sa mémoire. Non… Elle chercha son regard à nouveau, l'attrapa durant une fraction de seconde, avant que l'homme ne détourne la tête d'un geste brusque.

Elle trouva une place sur le pont, remarqua une jeune fille assise deux banquettes plus avant, et dut réprimer l'habitude qu'elle avait acquise de se lever et de se retourner, l'air nonchalant, pour voir s'il ne s'agissait pas de Pénélope. Elle n'était qu'une sotte.

Elle pensa à son arrivée sur l'île. Que dire, lorsqu'elle se trouverait devant celui dont le fils avait tué Pénélope ? Depuis qu'elle avait quitté Paris, elle s'imaginait face à Yorgos, tantôt hostile, tantôt le prenant dans ses bras, mêlant ses larmes aux siennes.

Les images de ce qu'avaient dû être les derniers instants de Pénélope revinrent. Lakis serrait la gorge de sa fille. Elle se débattait avec bravoure, jusqu'à ce que, d'un coup, tous ses muscles se relâchent.

Combien de temps a duré ton cauchemar, mon trésor ? Dans quelles souffrances as-tu quitté la vie ?

Alors que le ferry approchait de la jetée, elle remarqua la présence d'Aristidis, le maire, en discussion animée avec Kiriakizza, la femme de ménage qui avait remplacé Clio. Odile leur fit signe. Le maire lui rendit son salut d'un geste qui manquait de chaleur. Quant à Kiriakizza, elle s'éloigna.

Cela lui sembla irréel.

À peine eut-elle descendu la passerelle qu'une femme quitta la foule de ceux qui attendaient le ferry, courut vers elle et lui cracha au visage. Elle crut défaillir. Aristidis écarta la femme d'un geste et saisit Odile par le bras :

— Allons dans mon bureau, j'ai à te parler.

Elle le regarda sans comprendre et se laissa faire.

Durant la cinquantaine de mètres qui séparaient l'embarcadère de la mairie, ceux qui remarquèrent sa présence détournèrent le regard, à l'exception d'une vieille femme qui s'approcha et hurla : « À cause de toi, notre Seigneur a bu deux fois le vinaigre ! »

Arrivé à la mairie, Aristidis pointa du doigt un journal étalé sur une table, *La Voix de Kos*. Une édition de l'avant-veille. Odile lut les titres :

« Scandale à Saint-Spyridon »
« Fermeture du monastère »
« L'higoumène arrêtée »

Elle se tourna vers Aristidis, l'air perdu. Le maire la fit asseoir :

— J'ai demandé au capitaine du ferry de m'informer quand il te verrait monter à bord. Je voulais t'avertir de ce qui se passe à Saint-Spyridon. Notre île se désintègre. Ses habitants ont tellement honte qu'ils voudraient la voir disparaître dans les mers, et toi avec. Il faudra te montrer prudente.

À l'annonce de la mort de Lakis, le journaliste de *La Voix de Kos* avait téléphoné son article à la *Kathimerini*. La victime de Lakis étant française, le journal d'Athènes avait alerté son correspondant parisien, un malin qui avait remonté la filière, s'était rendu à l'exposition qu'Odile avait organisée et découvert le pot aux roses. Le scandale des nonnes photographiées nues faisait la une de tous les grands journaux grecs :

— Ils sont là, empilés sur mon bureau, tu peux le constater.

Il se leva, saisit une pile de journaux et lut à haute voix les titres des premières pages :

— « Scandale au monastère »... « La photographe espionne »... « Double blasphème : une exposition de moniales dénudées intitulée *Apocalypses* »... « Saint-Spyridon, nouveau Sodome et Gomorrhe »... « La Française qui développait les photos érotiques de la jeune moniale »...

Il retourna s'asseoir :

— Lorsque les gens parlent de toi, ils disent désormais *i máyissa*, la sorcière. Je ne sais pas ce qui t'a pris, mais je sais ce que nous subissons.

La veille, le métropolite était venu désacraliser le monastère. Il resterait fermé.

— C'était la fierté de l'île ! Notre monastère portait son nom... Ses habitants se sentaient protégés par lui...

L'higoumène serait inculpée d'incitation à la débauche et condamnée à une longue peine de prison. Interdites de toute vie monastique, la plupart des moniales iraient chercher du travail à Athènes comme femmes de chambre dans des familles peu regardantes...

— Sache aussi que ta maison a été vandalisée.

Des vitres avaient été cassées, le cabanon qui lui servait de laboratoire mis à sac. Aristidis avait demandé à Clio d'occuper les lieux, pour décourager d'autres dégradations du mieux qu'elle pourrait, en dépit des risques qu'elle-même allait encourir. Elle se trouvait sur place, Odile pourrait l'interroger sur les événements. « Celui qui est hors d'ici s'est invité chez nous », avait dit le métropolite aux moniales, se référant au diable.

— La vie sur l'île te sera difficile, reprit Aristidis. Si cela peut te consoler, elle l'est encore plus pour nous. Toi, au moins, tu peux retourner à Paris.

Il s'arrêta, secoua la tête :

— Il fallait nous laisser vivre comme nous sommes. Notre petit monde n'est pas Paris. Viens, je t'accompagne jusqu'à chez toi.

Odile le suivit sans un mot.

À peine eut-elle franchi la porte de la mairie qu'elle entendit un homme lui crier : « *Exo apó to nissí mas, poutana !* Pars de notre île, putain ! »

QUATRIÈME PARTIE

Trois ans plus tard

Jeudi 12 juin, vers 19 h 00,
galerie Paul Boniface,
rue Cassette, Paris

Clio avait dû choisir. La photothèque d'Odile comptait près de cent cinquante mille clichés, dont plus de mille avaient été agrandis. Lesquels retenir ? Soixante-dix photos, c'était peu et c'était beaucoup, si chacune devait être l'équivalent d'un coup de poing au plexus. « C'est toi qui décides », avait dit Odile à Clio. Il fallait aussi trouver un thème qui conforte le spectateur. Pour l'invitation, Paul Boniface avait retenu un double titre :

Les Stigmates du Parthénon
Hommage à l'œuvre d'Odile Lang
Du vendredi 13 juin au mercredi 9 juillet 1958
Galerie Paul Boniface
Angle rue Cassette et rue de Mézières, Paris 6^{e}
Vernissage le 12 juin 1958 de 18 h 30 à 20 h 30

Les photos du Parthénon étaient au nombre de vingt-cinq. Quinze montraient les stigmates, dix autres l'édifice sous divers angles.

*

La galerie était bondée. Clio se laissait porter par les grappes d'invités, se retrouvant au hasard devant telle photo du Parthénon, puis devant telle autre…

— Il y a foule, vous devez être contente.

C'était Paul Boniface :

— Odile sera des nôtres, j'espère.

— Je n'en suis pas sûre, dit Clio. Elle était très émue tout à l'heure.

Elle avait dit « souis », au lieu de « suis », s'en rendit compte et sourit. Odile la reprenait encore. Le « eu », le « u » et le « j » étaient difficiles à prononcer correctement. « Je » devenait « zé ». À force, elle y arrivait, mais dans des moments de tension, elle flanchait. Certains jours, elle forçait la note, pour le plaisir qu'avait Odile de la corriger en riant.

— L'exposition ravive beaucoup de souvenirs.

Interpellé par un invité, Paul Boniface hocha la tête et s'éloigna. Au même instant, Clio aperçut un autoportrait de sa mère et sentit ses yeux se brouiller. Elle s'était mise à appeler Odile ainsi. Un mois après leur arrivée à Paris, Odile avait initié un processus d'adoption.

Un instant plus tard, Boniface était à nouveau devant elle. Plusieurs invités voulaient qu'elle fasse leur portrait. Il avait noté leurs coordonnées.

— Je leur dis que vous êtes la portraitiste vedette et qu'ils doivent patienter.

Clio le remercia. Le studio de la rue de Mézières n'avait jamais connu un tel succès.

Un homme s'inclina devant elle :

— Paul Boniface me dit que vous êtes la fille de madame Lang ?

C'était André Warnod, le journaliste qui tenait la rubrique des Arts au *Figaro*. Il était au courant des événements qui avaient suivi l'exposition *Apocalypses*. Il souhaitait écrire un article qui ferait le lien entre l'exposition précédente, lorsque Odile présentait les photos de Clio en tant que commissaire, et celle-ci :

— Nos lecteurs seraient fascinés par l'inversion des situations.

Clio pouvait-elle lui raconter les conditions de leur départ de Grèce ?

— Ma mère se remet très lentement de son deuil et des événements qui ont secoué Saint-Spyridon, répondit Clio.

Les gens de l'île avaient trouvé moyen de mettre la faute sur le dos des deux étrangères, Pénélope la séductrice et Odile la perverse, alors qu'en réalité, il y avait sur l'île un monastère qui fonctionnait à l'automutilation et un policier assassin.

Leurs derniers jours à Saint-Spyridon avaient été épouvantables. Impossible de quitter la maison sans se faire insulter. Le seul moment de calme avait eu lieu le soir même du retour d'Odile. Yorgos était venu lui rendre visite, le bras gauche ceint d'un ruban noir. Il avait été, jusque-là, l'un des seuls du village à ne pas en porter. Elle se souvint du regard de désespoir et de compassion que chacun avait posé sur l'autre, tous deux noyés par l'émotion. Au cours des jours suivants, c'était encore Yorgos qui s'était occupé de faire leurs courses. Les commerçants ne se gênaient pas pour commenter : « Comment peux-tu, après ce qui s'est passé ? » Au moins, personne n'avait refusé de le servir. Au moment de quitter l'île, c'était lui, encore, qui s'était arrangé pour qu'une voiture les amène au port.

La veille de leur départ, elle et Odile avaient détaché toutes les photos de la grande planche et les avaient déchirées. Il y avait là celles d'André, de Pénélope, d'Odile et d'elle-même. Elles avaient placé les morceaux dans un bocal, les avaient brûlés, et puis étaient parties au bord de la mer. À une centaine de mètres du large, Odile avait éparpillé leurs cendres, là où sans doute reposaient les restes de Pénélope.

Depuis trois ans, c'était Yorgos, encore, qui détenait la clé de la maison et veillait à ce qu'elle ne soit pas spoliée. Odile l'avait mise en vente, et personne ne s'était annoncé. C'était la maison de la diablesse.

— On en reparle très vite, vous voulez bien ? demanda le journaliste.

— Je ne crois pas que ce sera possible, répondit Clio.

Elle poursuivit sa déambulation et se retrouva devant un autoportrait d'Odile assise, les traits relâchés, le regard baissé. Elle se souvint de la scène : alors qu'elle dévissait l'appareil du trépied, voulant faire la photo elle-même, Odile avait arrêté son geste : « Je te connais, tu voudras m'embellir. »

12 juin, vers 19 h 00,
île de Saint-Spyridon,
à la salle des fêtes du Titania

Le Titania était bondé. Dans chacune des deux allées latérales, une centaine de villageois se pressaient, debout, anxieux de savoir ce que le maire avait à leur annoncer de si important.

Je ne pensais pas qu'ils viendraient si nombreux, se dit Aristidis. Il balaya les premiers rangs du regard et tapota le microphone posé sur un pied devant lui :

— Mes amis, c'est à chacun d'entre vous, en personne, que je souhaite m'adresser. Je remercie le père Cosmas d'être présent. Ce que je vais dire ne lui sera pas facile à entendre, il le sait. Mais il m'a donné son accord pour que je revienne sur l'homélie qu'il avait faite à l'occasion de l'enterrement de notre cher Lakis, il y a de cela trois ans. Ce garçon que nous aimions tous avait succombé à une tentation qui venait d'ailleurs. C'étaient tes mots, mon cher Cosmas. Si ce n'est que, dans cette histoire où les victimes ne se comptent plus, le souci de préserver la sérénité de notre île avait pris le pas, dans tes mots, sur le souci de vérité. Qui était la première victime de la tragédie qui a frappé Saint-Spyridon ? Pénélope. Une jeune fille qui n'avait commis aucun crime et qui est morte. La deuxième victime n'était autre que sa mère, qui durant des mois a attendu que sa fille revienne, un drame qui a hanté chaque seconde de son temps. Dix-huit mois... fois trente jours... fois vingt-quatre heures... fois soixante minutes... fois soixante secondes... J'ai fait le calcul. Ça fait près de cinquante millions. Cinquante millions d'aiguilles plantées en plein cœur, pour finalement découvrir la cruauté avec laquelle on avait tué son enfant et le traitement abject que l'on avait réservé à ses restes. Et ce « on », mes amis, c'est nous. Les nôtres. Tous les nôtres. Qu'avons-nous fait, ensuite, à la découverte des photos de nos moniales ? Elles qui jusque-là se mutilaient, pour se souvenir qu'elles existaient ? Nous avons vilipendé cette pauvre Odile, après avoir tourné le dos au malheureux Vassilis, que l'un d'entre nous a montré du doigt au vu et au su de toute l'île. Oui, l'un des nôtres l'a poussé à la mort. Lequel ? Celui qui savait que ce brave homme était le plus innocent des hommes, vu que le meurtrier de Pénélope n'était autre que lui-même... Et comme si cela ne suffisait pas, ceux qui ont caché le cadavre de cette pauvre Pénélope ont eu la cruauté de lancer sa mère sur une fausse piste, en lui laissant entendre que oui, sans doute, sa fille la trouvait trop sévère, qu'il pouvait s'agir d'une simple fugue, donnant ainsi à cette pauvre femme l'espoir que son enfant était peut-être vivante, alors qu'ils l'avaient enterrée de leurs propres mains.

Clio, notre enfant, n'ose plus revenir dans son île. Et Odile, dont le mari était amoureux de notre pays comme personne, qui a choisi notre île pour y passer ses étés, Odile qui parle notre langue aussi bien que nous et a donné à sa fille le plus grec de tous les prénoms grecs, Odile n'ose plus revenir là où reposent ses restes, parce qu'elle risque d'être prise à partie.

Notre île n'a pas seulement perdu sa joie de vivre. Elle a aussi perdu son honneur. Pourquoi ? Parce que cela fait trois années qu'elle a tourné le dos à la vérité. Trois années qu'elle a voulu inverser les rôles de victime et de bourreau. Trois années que nous fuyons notre salut. Il viendra lorsque nous accepterons de regarder notre passé. Sans voile. C'est à ce prix que Saint-Spyridon retrouvera sa dignité.

Si vous nous en donnez le mandat, Yorgos et moi nous nous rendrons à Paris. Yorgos, dont je salue le courage. Nous irons trouver Odile et Clio. Nous leur dirons que cette île est la leur. Que nous les attendons. Et nous leur proposerons de nous rejoindre à l'église Saint-Nicolas, où nous célébrerons, tous ensemble, une messe à la mémoire de Pénélope. Nous les inviterons à nous accompagner, j'entends : nous tous, le village entier, jusqu'au bord de mer, aussi près que possible du lieu où reposent les restes de la jeune fille, où nous réciterons une prière à sa mémoire et déposerons les fleurs que chacun d'entre vous aura cueillies pour l'occasion.

Le discours d'Aristidis fut reçu par un long silence.

— Voyager coûte cher, lança une voix. Si tu écrivais une lettre ?

Le maire secoua la tête :

— Ce ne serait pas la même chose.

Le silence s'épaissit encore.

— Alors ? Qui soutient notre proposition ?

Cosmas fut le premier à lever la main. Quelques-uns le suivirent, puis, très vite, beaucoup d'autres. Soudain, des mains se baissèrent et les gens se mirent à applaudir, timidement, puis plus fort. Pour finir, la salle entière acclama le maire.

*

Plus tard dans la soirée, Cosmas et le maire se retrouvèrent côte à côte à la même table, chez Stamboulidis. La taverne était bondée et bruyante. Chacun désirait interroger son voisin, donner son sentiment, se rassurer, et il en résultait un brouhaha qui permit aux deux hommes d'échanger des propos en toute discrétion.

— Et cette pauvre Andonìa… murmura Aristidis.

Cosmas hocha la tête sans répondre. Il avait été la voir jusqu'à la fin. Enfermée à la prison de Kos, elle s'était laissée dépérir, mangeant à peine, refusant de quitter sa cellule et ne parlant plus que pour murmurer un mot par-ci, un mot par-là.

— Il y a quand même une injustice à ce que notre monastère reste fermé, reprit Aristidis.

Le pope l'interrogea du regard.

— Durant trente années, les moniales se sont mutilées. Elles ont donc péché, si je t'en crois.

— Où veux-tu en venir ?

— Peut-être ont-elles péché en se laissant photographier. Je laisse cela à ton appréciation. Moi, en simple chrétien, je me dis que ce péché de petite vanité était bien moins grand que le précédent. Il y a donc quelque chose d'absurde à ce que le monastère ait été fermé pour un péché beaucoup plus petit que le précédent. Il faut le rouvrir.

Paris, jeudi 10 juillet 1958

De : Odile Lang
À : Aristidis Politis
Yorgos Stamboulidis

Mes chers Aristidis et Yorgos,

Quel choc de vous voir au seuil de notre appartement. « Un peu de douceur de Saint-Spyridon », as-tu dit, Yorgos, en nous tendant un plein sac de confitures préparées par ta femme : figues, raisins, roses, oranges sauvages, griottes…

Merci pour votre visite, merci pour votre invitation à revenir à Saint-Spyridon sous votre protection, confortée par le soutien des gens de l'île…

Il aurait été cruel de vous le dire d'emblée, mais ma décision était prise à la seconde même où j'ai saisi le propos de votre démarche. Mon malheur est trop grand pour pouvoir être jamais apprivoisé. Comment pourrais-je, même dans longtemps, regarder la mer devant chez moi, sachant qu'elle est le tombeau de ma fille ? Quelle douleur ce serait pour toi comme pour moi, Yorgos, de nous croiser au village, sachant que ton fils a tué ma Pénélope, et que lui-même en est mort ?

Je ne retournerai plus à Saint-Spyridon. Je ne doute pas un instant que ceux qui ont applaudi votre proposition l'ont fait sincèrement. Mais ce serait naïf de penser que soudain le village ne nous en voudra plus, à Clio d'avoir fait ces photos, à moi de lui avoir mis un appareil entre les mains. D'une haine féroce, collective, nourrie durant tant d'années, il reste toujours un fond, prêt à reprendre du service. Je confie à Poséidon, votre dieu des mers, le soin de veiller sur ma Pénélope.

Ceux qui viennent se faire photographier au studio sont comme nous. Ils cherchent à se rassurer. Clio et moi les aidons du mieux que nous pouvons à se reconstruire. Et ce faisant, nous nous reconstruisons, nous aussi.

Clio retournera peut-être un jour sur son île. Elle a appris avec plaisir que le monastère rouvrira. Si elle décide de revenir auprès de vous, ce sera sans moi. Vous avez en grec un mot magnifique. Nostos. *La nostalgie. André m'expliquait un jour que le mot est dû à Homère, lorsqu'il décrivait les sentiments d'Ulysse, durant ses années d'odyssée.* Nostos… *« La douleur du jour du retour ». Mon* nostos *à l'égard de Saint-Spyridon contient la douleur que je ressens à être séparée de votre île, à laquelle tant d'instants merveilleux me lient, mais aussi celle qui m'étreint lorsque je pense à ma fille, qui est restée chez vous. Mon* nostos *est double. Le vivre serait trop lourd.*

Un mot, enfin, à propos de la photographie qui accompagne cette lettre. Vous aviez exprimé le désir de visiter notre studio. Une fois sur place, je vous ai proposé de marquer l'instant. Vous nous verrez tous quatre sur la photo et lirez dans chacun de nos regards un même mélange d'incrédulité et d'espoir.

Je vous embrasse,

Odile

REMERCIEMENTS

L'auteur remercie chaleureusement Aline Kundig, photographe à Genève, et Luc Debraine, ancien directeur du Musée suisse de l'appareil photographique, à Vevey, pour leur grande diponibilité et leurs conseils.

DU MÊME AUTEUR (*suite*)

La Confrérie des moines volants, roman, Grasset, 2013 ; Points Seuil, 2014.

Juliette dans son bain, roman, Grasset, 2015 ; Points Seuil, 2016.

L'Enfant qui mesurait le monde, roman (prix Méditerranée, Prix des lecteurs Points Seuil, Prix des Littératures européennes de Cognac), Grasset, 2016 ; Points Seuil, 2017.

Dictionnaire amoureux de la Suisse, Plon, 2017.

Mon père sur mes épaules, Grasset, 2017 ; Points Seuil, 2018.

Carnaval noir, roman, Grasset, 2018 ; Points Seuil, 2019.

Dictionnaire amoureux de l'esprit français, Plon-Grasset, 2019.

Rachel et les siens, roman, Grasset, 2020.

L'Homme qui peignait les âmes, roman, Grasset, 2021 (prix de l'Université catholique de l'Ouest).

Le Onzième Commandement. Quand obéir, c'est trahir, Cerf, Coll. Placards & Libelles, 2021.

Dictionnaire amoureux d'Istanbul, Plon-Grasset, 2021.

Tu seras mon père, roman, Grasset, 2022 (prix Machiavel).

Le Bâtard de Nazareth, roman, Grasset, 2023.

Cet ouvrage a été imprime par
CPI Firmin-Didot au Mesnil-sur-l'Estrée
pour le compte des Editions Grasset
en février 2024

Composition et mise en pages
Nord Compo à Villeneuve-d'Ascq

PAPIER CERTIFIÉ

Grasset s'engage pour l'environnement en réduisant l'empreinte carbone de ses livres. Celle de cet exemplaire est de :
300 g éq. CO_2
Rendez-vous sur www.grasset-durable.fr

N° d'édition : 23114 – N° d'impression : 178336
Dépôt légal : mars 2024
Imprimé en France